美食小说家

龙一·著

天津出版传媒集团
百花文艺出版社

图书在版编目(CIP)数据

美食小说家 / 龙一著. -- 天津 : 百花文艺出版社, 2015.10(2016.5重印)
ISBN 978-7-5306-6756-9

Ⅰ. ①美… Ⅱ. ①龙… Ⅲ. ①小说集-中国-当代②散文集-中国-当代 Ⅳ. ①I217.2

中国版本图书馆CIP数据核字(2015)第225163号

选题策划:高　为　　封面设计:任　彦
责任编辑:高　为　　版式设计:郭亚红
责任校对:陈　凯

出版人: 李勃洋
出版发行: 百花文艺出版社
地址: 天津市和平区西康路 35 号　邮编: 300051
电话传真: +86-22-23332651 (发行部)
+86-22-23332656 (总编室)
+86-22-23332478 (邮购部)
主页: http://www.baihuawenyi.com
印刷: 天津长荣健豪云印刷科技有限公司
开本: 880×1230 毫米　1/32
字数: 134 千字　插页: 2 页
印张: 7
版次: 2015年10月第1版
印次: 2016年5月第2次印刷
定价: 28.00元

目录

馋人讲故事

馋人走四方

馋人讲故事

重阳糕

1973年10月4日星期四，农历九月初九重阳节，天津市河北区东四经路居安里9号。我12岁。

住大杂院有一个好处，就是热闹。我早晨出门上学，院子里已乱作一团，南屋张爷爷爬到屋顶不肯下来，说家出忤逆，他不活了。张奶奶则跳着脚骂去年新娶的小儿媳：老话说“新媳妇过门三年里，重阳节回娘家死婆婆”，你这是咒我呀。儿媳理直气壮：刚打来公共电话，我得送我妈去医院，都什么年月了，您还封建迷信，不怕开您的批斗会？而张爷爷的长孙张丑儿则跟着上蹿下跳，不够他忙活的。

东屋曲艺团说评书的郑爷爷劝解张爷爷：你这“工头儿”是资本家的帮凶，就算是飞上天也变不成工人阶级，别闹了，下来过节吧。张爷爷：九九重阳，大凶之日，我这是登高避邪；丑儿他奶奶，下午我去厂里挨批斗促生产，晚上给我蒸重阳糕。货车司机何大拿抱肩倚在大门边看热闹：家里居然还有红糖蒸重阳糕，您老口福不浅哪。

说到重阳糕，我赶紧跑到邻院金教授家，他们老两口恰巧走出门来。金教授穿一身蓝色劳动布工作服，两手乌黑提着铝饭盒，他是下放到工厂烧锅炉的“右派”，平日里我跟他学绘画。金奶奶穿一身浅灰色毛料衣裤，皮鞋晶亮，头发梳得一丝不乱。我对金奶奶道：前几天您说的东西，今儿下午我也许能送来。金奶奶点点头。金教授感叹：“遥知兄弟登高处，遍插茱萸少一人。”我笑道：郑爷爷说茱萸浙江产的最好，天津没有新鲜的，过节要用得去中药房买。

我又跑回自家院里，张爷爷一家还在吵个不停。我对何大拿道：“漆包线”今天晚上我给您送来？何大拿年轻英俊，坏模坏样笑道：你要的东西我那现成，随来随换。这时郑爷爷看见院门外走过的金教授夫妇：哟，贝子爷、福晋，您这是出门赏菊呀，有年是节，好兴致啊。金教授：昨晚来电报，我兄弟在“五七干校”殁了，太太去北站买火车票，我去上班，顺便请三天假。郑爷爷满面歉然，抱拳拱手：怪不得昨晚听见邮电局的摩托车来，给您道烦恼。然后他拉了我一把：稍待片刻，咱爷儿俩一道走。

张爷爷家的戏没翻出新花样来，邻居们看着没趣便散了，只剩下张爷爷和儿媳一个房上一个房下僵在那里。郑爷爷提只马口铁水桶跟我一起往胡同外走，他衣袋里的晶体管小收音机正播放石仑的文章《论尊儒反法》，播音员的声音严厉得能杀人：“儒家是维护没落的奴隶主贵族的反动学派，法家是代表新兴的地主阶级利益的进步学派”。我问郑爷爷：您这是要去哪儿？郑爷爷调整收音机改播“样板戏”：这玩意儿比不了电匣子，费电池；我去胜坊镇赶趟集，重阳节登高赏菊饮酒吃河蟹，咱没有赏菊花的风雅，但白洋淀的河蟹不能错过。我知道他是去那里给赶集的农民说相声挣钱，干这种违法的事，他已经被警察抓了好几回。我担心道：郑奶奶知道您又去闯祸吗？郑爷爷笑道：她是山东人，把重阳节当财神爷的生日，正在家忙活烙焦饼呢，不明白天津卫老爷们儿的雄心壮志。

我是天津卫的小老爷们儿，今天我也有雄心壮志。张丑儿在学校门口追上我：那本书你弄来了吗？我：你那铁疙瘩估价了吗？张丑儿：昨儿我去废品收购站问价，人家说值两毛五。我翻了他一眼：你想瞎了心啦。张丑儿：所以才便宜给你嘛。我点点头：今天下午。

学校上午四节课，前两节语文数学。我悄声问同桌小夏：星期天咱们公园大门口见？小夏是被遗弃的资本家小老婆的女儿，靠寡母糊纸盒过日子，家里穷，但学习好。我是地主的孙子，出身差，学习不上心，但能打能闹心眼儿活。小夏手抚扎小辫的橡皮筋：大门口怕遇见熟人。我：那就花展馆见。上个月我父亲参加商业系统技术大练兵，比赛用纸绳捆扎四瓶白酒得了第二名，奖品是两张北宁公园国庆游园会的门票。我递给小夏一张游园票，她仔细折好放在铅笔盒里。

上午后两节课在操场开“忆苦思甜”大会，校长陪着一位老工人给学生讲旧社会的苦日子。老工人：我年轻时给万恶的地主打短工，夏天收麦子，地主吝啬，全家一年四季吃窝头咸菜，我们干活的白面馒头摊鸡蛋管够。这话引得全场大笑，校长连忙阻止老工人的口无遮拦，让他改说在天津铁工厂受资本家剥削的故事。

我抱膝坐在地上，两眼望天盘算着今天要实施的复杂计划，没心思听老工人的回忆。此前五天，我一直在铁路北站的货场里侦察，昨天终于发现，工人们卸下了大批黄色麻袋，袋子上用红漆写着“古巴糖”三个字，最后用帆布盖住麻袋垛防雨。这种外国进口的玩意儿副食店卖过，又甜又苦，不好吃，但毕竟是红糖，送给金奶奶蒸重阳糕保证没问题。金奶奶原本是让我帮她向我父亲借两张购糖票，而我则是想找金奶奶要一本《三国演义》的连环画。金教授当年参与了这套连环画的设计，总共六十多本，小人书铺里一分钱看一本，但不成套。我打的算盘是，如果我直接弄到红糖给金奶奶，家里的购糖票也就省下来，可以寄给在“五七干校”劳动改造的母亲。

中午我将书包交给张丑儿，拉上同学布哈林一起来到北站货场。布哈林是他的绰号，因为他又瘦又小，头发枯黄，两眼乱转，擅长模仿电影中的列宁演讲，同学们便给他硬按上苏联电影《列宁在 1918》里那个坏人的名字，他倒是全不介怀。我：你给我放哨，弄到糖分给你一把。布哈林爬上高高的枕木垛。我：看见有人来给个暗号。布哈林：什么暗号？我：“样板戏”，就唱“要学那泰山顶上一青松”。

选在中午的时间偷袭货场，是因为保管员都去吃午饭了，这是从有了铁路货场开始，几代孩子积累下来的宝贵经验。我摸了摸裤袋里的铅笔刀，装古巴糖的麻袋里边还有一层塑料袋，用铅笔刀割开很容易。然而我错了，钻到帆布里边我才发现，成垛的古巴糖不见了，变成了胶合板的圆桶，两头各有一只黑漆铁箍，竖着码放。这下子完了，弄到红糖只是我整个计划的第一步，没有糖，再伟大的计划也得报废。

这时，外边传来布哈林唱戏的声音，最后的高腔声嘶力竭。我伏在地上扭头向外看，一位保管员骑着自行车慢慢过去，车把上挂着铝饭盒。布哈林不唱了，我回头一看，哈哈，木桶上清清楚楚印着黑字——野菊花蜂蜜。取蜂蜜我有经验，只是今天没带容器，怎么办？回家取容器肯定来不及。我从木桶上沿往下一掌的地方下手，用铅笔刀一点一点地在胶合板上刻出一个方孔。绝不能从木桶下沿挖洞，因为没被取走的蜂蜜会流出来浪费掉，这也是几代孩子的经验。我轻轻取下两寸见方的胶合板，装满蜂蜜的塑料袋一下子从洞中鼓了出来。我脱掉上身的黄绒衣，脱掉贴身的背心，再将黄绒衣穿上，然后将背心折叠，四角相系变成一只布袋。关键时刻到了，我再次伏下身向外张望，见布哈林将大拇指插在坎肩里，学着列宁的样子在枕木垛上踱步，不像有危险。

我小心翼翼地在塑料袋上竖着划了一道小口，蜂蜜立刻涌了出来，有股甜甜的药香，确是野菊花味道。外边起风了，吹得帆布啪啪作响；一列火车驶过，其声也如雷。过了好一阵子，布袋里装满了蜂蜜，我将挖下的那块胶合板按回木桶，并让它错开一点卡住洞口。蜂蜜黏稠，这样就能阻止蜂蜜外流。郑爷爷常常教导我的话没错：“君子爱财，取之有道。”我是正经人家的孩子，糟蹋东西的事不能干。

然而，等我用牙齿咬着装满蜂蜜的布袋从帆布下爬出来的时候，这才发现，布哈林已经被两名保管员抓住胳膊捂住嘴。刚才火车驶过的声音太大，一定是盖过了布哈林向我报警的声音。一名身材粗壮的保管员大张双臂向我逼近，远处铁路道口传来丁零零电铃声，道杆放下，一列火车出站南下。布哈林沙哑着嗓子冲我大叫：快跑。我连蹿带跳，横穿几十条铁轨，身后隆隆而过的是"北京——莫斯科"特快列车。

我不担心布哈林，偷袭货场被抓是常事，最多挨顿打。我回到家里，从背心上刮下蜂蜜，平均分到两只碗中。我将半碗蜂蜜给金奶奶送去，她像是感动得要流泪，让我一定向我父亲转达她的谢意。她是清朝贵族家的大小姐，想破脑袋也不会想到这蜂蜜的来历。她让我自己挑选金教授收藏的连环画，我选了其中的《八卦阵》，上海人民美术出版社 1958 年 5 月版，定价：0.16 元。

布哈林回来了，说没挨打，笑嘻嘻地接过半碗蜂蜜回家了。张丑儿带回我的书包，我给他看《八卦阵》。这家伙收集的《三国演义》连环画我看过，只有三十几册，其中没有这一册。我：怎么样，换吗？张丑儿飞奔回家，转眼间拿来一个给自行车灯供电的磨电滚，一把将《八卦阵》抢去，然后绷着脸伸出小指：拉钩。我伸出小指与他拉钩确认交易成功，他大叫一声，狂喜道：五八年版的《八卦阵》，黑市上最少值两块钱。我母亲月薪二十元，两元钱够我吃二十天早餐，但我毫不在意，因为我的雄心壮志不是张丑儿这种俗人能够理解的。

傍晚，金奶奶给我送来两块面粉调和蜂蜜，蒸成扁圆形状的重阳糕，上边点缀着核桃仁、杏仁和青丝玫瑰，说我替她找蜂蜜费心了，让我也尝尝。张爷爷的儿媳回来了，说是只去了医院，没敢回娘家。张奶奶沉着脸没理她，张爷爷则盯着我手里这两块糕恨道：家里的老娘儿们都是废物，过节不蒸重阳糕，这节白过了。

郑爷爷叫我去他家里吃晚饭，重阳节的河蟹顶盖肥，郑爷爷：你放开肚皮吃，我弄回来一桶。我：今天您使的什么活？郑爷爷笑：在乡下不能使"怯口活"，说了几段《君臣斗智》。这个相声段子郑爷爷给我说过，是大学士刘墉戏弄乾隆皇帝的故事，能让人笑破肚皮。郑奶奶：没让警察把你抓住？郑爷爷：要给抓住还能坐这吃螃蟹？

何大拿很晚才回家，我将换来的磨电滚交给他。何大拿大惊：这是英国三枪牌自行车的磨电滚，你小子要拆里边的漆包线，这不是败家子吗？我：咱说好的，我给你弄来漆包线，你拿去修好郑爷爷的电匣子，再给我半瓶汽油。何大拿：这玩意儿挺值钱，你可吃亏了。我学着郑爷爷的腔调："吃亏是福。"

10月7日星期天，收音机里说，以色列和埃及、叙利亚在"赎罪日"打起来了，新一轮"石油危机"马上爆发。何大拿过来给郑爷爷修理那只老旧的电子管收音机，手上拿着几只"天津鸭梨"，顺手给了我一只。我把梨塞在衣袋里："石油危机"要爆发了。何大拿笑：你小子有世界眼光，知道昨天跟我换汽油。郑爷爷闻之大笑不止。

费了这么大的周折和心力，我的目标眼看就要实现了。

因为是休息日，北宁公园的游园会人山人海，花展馆的院子里正在举办菊花展,几百种花样,几十种颜色,都是珍贵品种。我身上穿了件干净的蓝色上衣,这是我哥哥身材长高之后替换下来给我的,前襟上原本沾了一大片油污,形状好似阿拉伯半岛,被我花费半瓶汽油和半块肥皂洗干净了。我的球鞋虽然大脚趾处破了个洞,但被我用鞋粉刷得雪白。

去年今日小夏告诉我,因为出身不好,也因为母女过日子艰难,从来没有人为她庆祝过生日。我当即把胸脯拍得啪啪响,对她发誓:明年我给你过生日。天津卫的老爷们儿,一句话一颗钉,说到办到。就这样,今天我手上捧着两块“重阳糕”,衣袋里塞着一只“天津鸭梨”,衣服干净整齐地站在菊花丛中,等待小夏的到来。生日快乐,我先练习一声。

吃年饭

再过几天，1971年1月27日星期三，才是农历正月初一。今年我10岁。

腊月二十三，天气骤暖，年货容易腐败，邻居们悄声祈求，老天爷可怜穷人，下场雪吧。上午妈妈请了半天假，带着哥哥和我在粮店里冲锋陷阵，抢回来一捧葵花子，一捧花生，几斤只有春节才供应、专供包饺子用的“富强粉”。下午我看了场电影，学校组织的，开场的新闻片，先是“美国人登上月球”，后是“中国人民空军在南海击落美国高空侦察机”，看来美国人的确是“纸老虎”。爸爸回到家很晚了，他虽然在副食店工作，但过年的猪肉还没买回来，给灶王爷糊嘴的封建迷信“糖瓜”也没有，只带回来一小包“点心渣”，花了二两粗粮票，一毛八分钱。我不记得自己曾吃过正经“炖肉”，好像也没吃过整块的点心，盼着今年能吃上。

腊月二十四，早上打了一架。打架的缘由很简单，我将窝头眼儿朝上举着往外走，被隔壁的二蛋子撞了一下，窝头跌在地上，沾了不少泥土。窝头沾上泥土原本不怕，将泥土搓掉照旧能吃。只是，我那窝头眼儿里装了满满两勺“点心渣”，撒在地上再也吃不成了。二蛋子这算是“罪大恶极”，尽管我明知打不过，但不打一架便是不孝。这场战斗引来了我哥哥和二蛋子的哥哥，还有他们各自的朋友，一群十三四岁的男孩子在胡同里打成“人粥”。各家女人冲出来，大叫“要文斗不要武斗”，但他们充耳不闻。我和二蛋子此刻已经忘了他们，捧着那只脏窝头，一起去街口的早点铺看大人喝馄饨。二蛋子有二分钱，买了碗馄饨汤，棒子骨熬成，白白的，漂着香油花和韭菜粒，香气扑鼻。我把窝头掰一半给他，然后一人一口，公平地把馄饨汤喝了。今天妈妈回来得很晚，爸爸在旧意大利菜市里管点事，每逢年节，照例是要到夜里才能回家。妈妈给哥哥买回来一双新球鞋，今年过年全家只添了这一件东西，哥哥那双破了四个洞的旧球鞋自然给了我。夜里爸爸叫我们起来，从套袖中摸出一个湛青碧绿的沙窝萝卜，用刀切成条，给我们吃。萝卜又凉又甜，我吃下之后睡意全无，在床上翻了一阵跟头，又拿了几个大顶，这才躺下。爸爸今天还是没买肉回来！

腊月二十五，今天买白菜。哥哥天不亮就去副食店排队，妈妈带着我稍晚一点儿才去。妈妈将副食本和钱交给哥哥，又叮嘱我帮着往家里抱白菜，这才去上班。哥哥排在前十号，身后有二百多人。二蛋子和他哥哥刚来，拉着一辆轴承作轮子的小车，排在二百人后边。哥哥让我过去将二蛋子家的副食本和钱要过来，两家各买到 20 棵白菜，棵棵结实有菜心，堆在二蛋子家的小车上往回走。排在二十号之后的人，买到的白菜都瘪瘪的像只破鞋。下午，我拿着煤铲和煤钩跑到墙子河外，在水坑边的冻土里挖出12只冬眠的癞蛤蟆，拴成一串送给缝鞋的聋师傅养的那只大肥猫，充作修鞋钱。聋师傅看了看蛤蟆，又看了看我哥哥的那双又脏又破的球鞋，说腊月二十八来取，便又低头与成堆的旧鞋战斗。我今天来修鞋是有用意的，凡事赶早不赶晚，聋师傅年前活儿多，如果我把鞋洗净晾干再来，怕是过了年也穿不上。爸爸今天"走后门"，用家里的全部肉票买回来一块肥油，亮晶晶的好看。于是我知道，"炖肉"怕是得等明年了。

腊月二十六，天还是没下雪，所有已经买了肉的邻居都快急疯了，无奈之下，只好用盐把肉腌起来。常言道，半大小子，吃死老子。离每月25日"借粮"还有三天，家里只剩下一碗棒子面。妈妈早上把白菜帮子剁碎，拌上半碗棒子面，蒸成一锅菜饼子，每人一块，爸爸两块，包括午饭。

腊月二十七，对门马爷爷给送来小半袋棒子面救急。同学来找我去百货大楼看热闹，我没去。二蛋子约我去铁路货场偷洋葱，我犹豫了一下，也没去。我去聋师傅那里帮忙扫地，喂猫。聋师傅给了我一只蛤蟆腿吃，咸。回家时，有个男人走在我前边，菜篮子里的韭菜一根一根往下掉，我悄悄跟在后边，一根一根地捡，不想被他发现，抬手要打。我紧攥着六七根韭菜跑回家，塞在白菜叶里，免得冻伤。

腊月二十八，聋师傅的两眼熬得红红的，好像小兔，我的鞋还没补好。他说明天。我说今天晚上。看公共电话的老太太来喊，叫我家接电话。我心里七上八下，怕是农村的亲戚要来我家过年，提前打电话通知我爸妈准备他们要带回去的东西。电话那头是爸爸，让我赶快到他单位去一趟。我没有打电话的五分钱，也没有坐公交车的五分钱，只好对老太太说，回头我送您几块劈柴顶账，便一路跑到旧意大利菜市。我不知道爸爸用了什么办法，居然弄到六根猪尾巴。他用报纸将猪尾巴包好，塞在我的裤腰里说，别让人看见，别让人抢了，也别丢了，慢慢往家走。从聋师傅的修鞋铺门前路过，见我的球鞋仍然大张着四只破洞混在一堆旧鞋里，我把猪尾巴从裤腰里掏出来，撕掉报纸，拎在手中，故意晃来晃去引逗他的大肥猫。等到聋师傅的目光长在了猪尾巴上，我这才离去。有“炖肉”吃啦，哥哥大叫一声，跑了出去。我知道他去干什么，我也得为“炖肉”干点什么。我钻到床下，翻找出被妈妈没收的一块“电木”，6 寸长，1 寸半宽，半寸厚。这是我的宝贝，用它“逮柴”，曾经赢过整筐的劈柴，但因贪心太重，赢得太多，对方家长找上门来，这才被妈妈将这宝贝没收。傍晚，我抱着一捆劈柴回来，挑了两块大的送给公共电话的老太太。哥哥也回来了，头被打破，血蒙在眼上，手里提着半口袋晶亮的大同无烟煤块，边洗脸边说，炖肉得用硬火。晚上，聋师傅终于将鞋补好，四块皮补丁针脚细密。我没舍得给他猪尾巴，聋师傅很失望，但也没说什么，只有大肥猫瞪了我一眼。我用肥皂头儿把鞋洗刷干净，放在火炉边一尺左右，太近怕把橡胶烤化了。晚上爸爸让人带话来，说是“发展经济，保障供给”，不回来了。

腊月二十九，今天“借粮”。哥哥找来两根麻绳，把脚上的旧鞋捆结实，粮本和钱藏在衬裤的小口袋里，三个粮食口袋卷成卷儿塞在腰里，对我说，你站在外边等着，不许往粮店里边挤。每月“借粮”这天，挤粮店的都是有男孩子的人家，往往是父子兄弟齐上阵，场面之激烈好似攻城夺寨。中午的时候，我背着 10 斤黑面，哥哥背着 40 斤棒子面和 5 斤籼米，凯旋。我的“新鞋”还没烤干，我家只到做饭时才点火，平时不取暖。爸爸晚上还是没回来，肉也没炖成。

腊月三十，下雪了，我的“新鞋”夜里冻住了。妈妈上半天班，午后回来，炒花生、瓜子，用昨夜发好的黑面蒸馒头，剁白菜，炼猪油。剁馅剩下的白菜疙瘩切片腌起来，明天早上喝粥时点上醋，爽口。猪油炼好了，油渣金黄，撒上一点细盐，夹在馒头里吃，给个校长也不换。爸爸的一个朋友来了，没进门，留下小半个猪头，带着一只耳朵半个嘴，没有舌头。傍晚爸爸还没回来，妈妈包饺子，油渣白菜，外加那六七根韭菜的馅，富强面的皮儿，白亮亮的饺子像一队队小猪。妈妈煮了二十个给对门马爷爷送去，马爷爷孤身一人，儿女不在身边。做了半天的饭，炉火很旺，我的“新鞋”终于烤干了。爸爸天黑之后才回来，头上身上全是雪，鞋已经湿透了。他从左边衣袋里掏出两个小纸包，一包里边有两片桂皮，几瓣大料，一把白糖；另一个包里边有拳头大小的一块冻蛋黄。他从右边衣袋里掏出来的是两包一百头的浏阳花炮，我和哥哥一人一百。花炮的价钱我可以倒背如流，一百头的每包一毛三，两包两毛五。炖肉是一家之主的事，妈妈早已经将猪头和猪尾巴洗干净，爸爸拎着猪头到院子里，用烧红的铁通条烫烙猪鼻孔和猪耳朵眼儿，然后将猪耳朵和猪嘴割下来藏到屋角的雪堆里，扣上筐再压上砖头，说留着初五“剁小人”用。然后爸爸先将切块的猪头肉和猪尾巴紧去血水，再给肉炒糖色，一时间家里焦糖香味四溢。吃年夜饭了，整盆的饺子，一个个胖嘟嘟的，腊八蒜颜色翠绿，味道丝丝的甜，炉火上炖的肉已经开锅。我剥着花生、瓜子，守岁到夜里12点，伴着收音机里传来人造卫星播送的《东方红》，我终于吃上了炖肉。尽管不是五花三层的肋条，也不是有肥有瘦的臀尖，但这毕竟也是炖肉，香得糊嘴。

正月初一，全天吃素，取一年无事，素素净净的意思。我穿着“新鞋”四处拜年，每走一家能得一块水果糖或一小把瓜子。初二，木耳、黄花菜打卤捞面，一年只能吃两回，另一回是伟大领袖的生日。初三，炙炉烙的白菜小虾皮馅合子，白面皮上点点金黄。初四，烙饼炒鸡蛋，妈妈将那块冻蛋黄化开，放上盐和葱末，炒出一片灿烂；烙饼是“金裹银”，里边是棒子面，外边裹上薄薄的一层白面，又香又脆，卷上炒鸡蛋吃。然后，大人们都去上班，晚上爸爸又“发展经济，保障供给”，没有回家。

初五，过年的最后一天，照例是“剁小人”包饺子。单位同事带信来说，爸爸被派去青泊洼工作，三五个月回不来。“剁小人”是妈妈剁的，我和哥哥也帮着剁，饺子是面酱炒猪嘴、猪耳朵拌白菜馅，黑面皮儿。吃饺子时妈妈说，人要知道“惜福”，连吃了六天好东西，明天得改粗粮了。

青丝玫瑰

1972 年的中秋节是 9 月 22 日，星期五，小雨。那年我 11 岁。

21 日，收音机里广播了两条重要消息：第一条是天津人民今年购买月饼可用粗粮票，且不再加收油票；第二条是日本内阁总理田中角荣和外务大臣大平正芳将于 9 月 25 日访问我国。男人们下班回来，聚在胡同口的修鞋棚下聊这事，说日本人投错了靠山，美帝跟咱们交过手，在朝鲜、越南败了两回，不会真给他们撑腰；小日本儿这是尿了，乘着“八月节”来走动走动，见面礼必不可少，也不知给伟大领袖带来的是什么馅的月饼。我是广播迷，有空就守着家里的电子管收音机，家里不方便就到对门马爷爷家听他那台几十年的日本矿石收音机。我清清楚楚地记得，去年年底，收音机中有个女人比我们班主任声调还严厉，她说：“中国外交部发表声明，抗议美、日把我国钓鱼岛等岛屿划入日本‘归还区域’，重申我国对这些岛屿的领土主权。”这事闹了大半年，如今日本人上门赔罪，算是有了结果。这时马爷爷提着个透着油渍的纸包回来，对男人们说了句：“小日本儿自称擅长‘谋略’，凡事以占便宜为第一，这次也一样，他们不是好油熬的。”他老人家在日本铁路干过八年，经多见广，一句话便让男人们恍然大悟，各自回家吃饭去了。

我跟着马爷爷往家里走，问日本月饼是什么馅的？他说日本点心叫“和菓子”，没有月饼。我追着问日本人中秋节吃什么？他说吃粘糕汤，不是江米面，是白面，就像咱们的“片儿汤”。我刚想问他们是不是也往“片儿汤”里放“饽饽鱼”，便已经到家了，妈妈喊我去提水，打断了我的敏而好学。我提着马口铁水桶往外走，心中揣摩着日本“片儿汤”的滋味，却看到隔壁二蛋子双臂金黄，高举过头，从街上疾步走来。他慷慨地让我在他手臂上舔了一口，香甜滑腻，必是他在铁路货场凿开木桶蘸了两胳膊蜂蜜，带回家给他妈妈做月饼馅。也不知日本的“和菓子”里有没有蜂蜜，我一路胡思乱想，心中动了几次艳羡二蛋子的念头。提水回家，妈妈叫我帮她“摔”月饼馅，一下子绊住了手脚。这让我自恨不擅长“谋略”，我方才应该径直去铁路货场，借着二蛋子凿开的洞，提半桶蜂蜜回家。

根据我独自在祥德斋糕点店无数次的“参观学习”，我对真正的月饼有着丰富的“见识”。天津最著名的是“提浆月饼”，水油面皮烤成淡黄色，花纹繁复，区别在花纹中间的圆框里，分别写着：五仁、百果、豆沙、枣泥和甜咸等。近两年新出了一种“改良月饼”，看上去面皮用的是“槽子糕”的原料，起毛，上边用食色盖了个长方形的印章，印章里写着馅料名称。我也曾听干采购员的大人说起过广东月饼，说是里边有肉有蛋黄，但没见过。正常情况下，天津市每年6月发放下半年食品票证，每人有一张月饼票，限购一块月饼，现金之外另收二两细粮票；每三块月饼收一两油票，若只买一块则收半两油票。

我家粮食不够吃，每年月饼票都送邻居，今年虽然不要油票，但月饼票还是送给了对门马爷爷。妈妈晚饭只蒸了锅大眼儿窝头，没做菜，好留下炉火做月饼。我父亲在"意国菜市"工作，因此，我家每年的月饼馅都用"点心渣"做原料。因"点心渣"干散，加了古巴糖和乌黑的菜籽油之后，要一边用手指少量掸水一边揉搓，和成馅团后需摔上千百次，做成的馅料才会细腻可口。然后妈妈会向南屋张奶奶借来枣木月饼模子，和面包馅，压模成形。从去年开始，摔馅的活儿才传到我手上，比我大三岁的哥哥升级了，去干技术水平更高的家务活——摇煤球。我家的月饼是烙的，砂制炙炉，煤火，烙出的月饼上有一颗颗栗黄色的小圆点，很是费工夫，而且每锅只能烙4块。因为面皮里油太少，我家的月饼刚烙熟时酥软香甜，真的非常美味，只是，到了第二天中秋节晚饭时，面皮就硬得硌牙了，但仍然美味。妈妈像往年一样，烙了10块月饼，4块明晚过节，4块明天走亲戚；当晚只能吃两块，父亲一块，我和哥哥各半块；妈妈不吃，说是嫌太甜，但我不信这话。我和哥哥都没有立刻吃那半块月饼，而是抓紧时间，借着残余的炉火把鞋修补了。塑料凉鞋穿了整个夏天，已经多次断裂，多次修补，因此越补鞋越小。哥哥找来一只旧凉鞋，剪下一块块塑料片，我们在残火中烧上两根通条，将断裂的塑料鞋带和塑料片烫化后粘在一起。这活儿要求很高的技巧，哥哥干得熟练，我打下手。我之所以不肯先吃月饼，是不想让烫塑料的臭气败坏了月饼的美味。

父亲下班晚，回来后先摸了摸晾在屋内的渔网，然后叹了口气。妈妈说反正都月底了，逮着鱼也没油煎。去年中秋节正赶上周日，父亲周六夜里便骑着自行车赶往百里之外的塘沽，第二天下午才回来，他用"撒网"逮回大半麻袋梭鱼，还有四只河蟹。那天父亲是整条胡同最受爱戴的人，几乎每家都分到了一盘鲜活美味的梭鱼。最让父亲得意的是那四只河蟹，这是天津中秋节最具传统意义的佳肴，只是已经多年不见了。他说这是用一盆梭鱼和一个使"拉网"但收获甚少的同行换来的；那个人此前曾和一个用竹篓捕蟹的人大吵一架，因为，拉网偶尔捕到的螃蟹身上都会沾着泥，而这四只蟹却很干净，应该是它们钻进蟹篓后被掏出来的。今年父亲没能出去逮鱼，是因为这几天总下雨，他的渔网浆过猪血之后一直没能干透，于是，整条胡同的邻居都很失望。

我刚吃完那半块月饼，同学小夏来了。我们俩是"一帮一，一对红"，我帮她思想，她帮我学习。小夏的出身很复杂，她父亲是资本家，有三个老婆，1949 年后他跟大老婆和小夏的妈妈离了婚，和最年轻的老婆过日子，但又和小夏的妈妈生了她。1967 年我 6 岁时，国家停止对资本家支付定息，小夏的妈妈没了资本家前夫的贴补，只能找点糊纸盒之类的加工活，凑合着过日子。让我开心的是，近两年经常能看到小夏的父亲挨批斗，除了资本家身份，他还多了一条“流氓坏分子”，这是因为小夏的出生。家中炉火已经熄了，过节用的月饼不能动，妈妈抖着双手愁了一阵，最后借邻居的炉子烤了几片焦脆喷香的窝头片给小夏，并及时送上一杯开水，这是因为，上个月小夏曾因半个干馒头，在我家几乎被噎得背过气去。

中秋节只上半天课，留的作业是作文，题目是《最伟大的理想》。我问小夏的理想是什么？小夏摇头。我说我的理想是在祥德斋上班，各色点心随便吃。小夏说那我就到起士林去上班，我用“马蹄酥”换你的“小八件”。我伸出小指，她也伸出小指，然后拉钩。但我真的不知道什么是“马蹄酥”，也不好意思问，看来我有必要到旧英租界那一带认真学习学习了。

马爷爷孤身一人，儿女各自成家。下午，我把家中的水缸提满，又给马爷爷提了两桶水，这是我每天必干的家务。马爷爷叫我进屋，打开透油的纸包，里边是五块真正的月饼。他说，你选一块，明天早晨再给你。这大约是我人生第一次艰难的选择，我一只手抱在胸前，一只手按住嘴和下巴，目光在这五块月饼上细细摸索。我最先排除的是豆沙馅，因为春节我有时能吃到豆儿包，红小豆的味道应该相似。第二个被排除的是五仁，不用吃也能猜到，里边应该有花生仁、瓜子仁、芝麻，剩下的两种果仁虽不知是什么，但因为吃过前三种，它便不那么诱人了。第三个排除的是枣泥馅，去年大雪天，我和二蛋子曾跟在糕点厂的马车后边，每人从薄皮木板箱里掏了一手枣泥馅，虽然非常非常好吃，但不值得因此失去品尝全新味道的机会。最后两种是百果馅和青丝玫瑰馅，这是个两难。

百果不会是鲜果,应该是糖果糕点店里装在玻璃罐中或是纸盒上写着“北京特产”的蜜饯,这是我的唇舌牙齿从未有过的经验,无从揣测。青丝玫瑰,我在纪录片《祖国新貌》和《西哈努克亲王访问中国》里看到过玫瑰花,样子像月季,听说有香味;那么月饼里的玫瑰呢?是花瓣吗?什么味道?多半应该是甜的,居然还香?至于青丝,是头发吗?应该不会。可愁死我了!

青丝到底是什么?我终于向马爷爷求教。马爷爷说青丝是橄榄做成的蜜饯。什么是橄榄?橄榄就是“青果”。我明白了,冬天我在水果店里见过“青果”,手指肚大小,珍宝般的色泽模样,没见过有人买,极贵,听说泡水喝能清肺化痰。我没有用手指触碰那块月饼,而是距离一寸悬在空中,指定“青丝玫瑰”。马爷爷说,你马奶奶当年也爱吃这口儿,明天早上。

今年的中秋家宴,没有梭鱼,没有螃蟹,只有两毛钱肥肉熬的洋白菜和籼米饭,每人一只月饼,“点心渣”馅。饭后父亲需早睡,我到马爷爷家去听收音机。马爷爷的四个孙儿来了,每人带着一块月饼离去;收音机中有个男人在播报,“我们国家既无内债,又无外债”,还有“湖南长沙马王堆出土了一座西汉早期大型墓葬”。我的“青丝玫瑰”盛在白瓷碟里放在桌上,在它后边靠墙立着一只相框,照片上的女人很年轻,细眉淡眼,黑发高高梳起,露出细长的颈项,身上的衣服有细碎花纹,是个日本女人。马爷爷说,这是你马奶奶,给我生了三个儿子一个女儿,然后回国去了。

第二天早上,我带着“青丝玫瑰”到学校,偷偷在书箱里掰成两半。一半给小夏，小夏说好吃。我吃另一半时发现，月饼馅果然有花香，里边有星星片片的胭脂色，这应该是玫瑰；馅中还有一丝一丝青绿色的果肉，有一点硬，有一点涩，不太甜，这就应该是“青丝”吧。小夏的说法不同，她说青丝是青梅蜜饯。于是，我头顶一凉，心中一悚，仿佛学到了点什么，但又什么都没想明白，因此便没在意月饼里其余的馅料都是“点心渣”，而且不曾被仔细捽过。

乞巧

1973 年 8 月 3 日，星期五，农历癸丑年七月初五。天津市河北区东四经路居安里 9 号。我 12 岁。

已经七八天了，我的心情很糟糕。收音机里正在播送《一份发人深省的答卷》，男播音员的声音如雷鸣："这封信提出了教育战线上两条路线、两种思想斗争中的一个重要问题，确实发人深思。"这是在讲辽宁省兴城县白塔公社枣山大队第四生产队的一位下乡知识青年的故事，他的物理化学高考试卷得了零分，但他在试卷上边写了一封信，于是成为"反潮流"典型，受到英雄一般的颂扬。

我转了个台，女播音员的声音似锋镝："旧高考制度的复辟，是对教育革命的反动，是资产阶级向无产阶级反扑。"我关上收音机，从床下拉出一只胶合板茶叶箱，里边是我"偷抢拐骗借"来的几十本书，竖排版，繁体字，百分之百"封资修毒草"。我深知自己有两个巨大的缺点，一个是嘴馋、打架、不听话，另一个是"书虫子"，只不过我心底一直深藏着一点点希冀，就是用“书虫子”这个缺点来抵消“淘气”这个缺点，负负为正嘛。然而，收音机里对那位知识青年的颂扬，打破了我的这点“私心杂念”，于是我迷茫了。

同学小夏敲门进来。她是资本家离婚小老婆的私生女，在学校我们是“一帮一，一对红”。她道：你今天为什么旷课？我打开收音机，女播音员：“对于那些多年来不务正业、逍遥浪荡的书呆子们，我是不服气的。”小夏是个体贴到人心坎里的女孩儿，她立刻将话题一转道：郑爷爷让我请你的大驾。

曲艺团说评书的郑爷爷接受了一项政治任务，终于得到登台演出的机会，让老头儿很兴奋。他笑道：来了，爷儿们，后天“七月初七天河配”，人民礼堂演出，来的都是“翅子”，你们两个学生觉悟高，帮我“掌掌眼”，免得我像白云鹏的徒弟，犯政治错误。我知道他说的“典故”，据说是1949年在北京怀仁堂，也不知是哪个“棒槌”当的“戏提调”，许是任务紧急，临时找来一个不入流的京韵大鼓艺人，乐队也是现攒的。那天的演出曲目是马上就要发表的伟大领袖的诗词《中国人民解放军占领南京》。不承想，这位大鼓艺人演唱有个“添字儿”的毛病，这边乐队奏过门，他击鼓如节，但一开口便出了错。他唱道：钟山（那个）风雨（就）起（了）苍（昂昂昂）黄（昂昂），百万（的那个）雄师（他怎么能够）过大江……据传言，伴奏的听他唱到这，丢下三弦，撒腿就跑了。

这时郑爷爷穿上新中山装，将连三桌子横过来，站在后边一拍醒木，先念了八句“定场诗”：劝君少骂秦始皇，焚坑事业要商量。祖龙虽死秦犹在，孔学名高实秕糠。百代都行秦政法，“十批”不是好文章。熟读唐人《封建论》，莫从子厚返文王。

我：打住，老爷子，您这说的是“批孔”的段子。郑爷爷点头：没错，《孔老二污杀少正卯》。我笑：您比那唱大鼓的胆子还大，拿伟大领袖的《读〈封建论〉—呈郭老》当“定场诗”，那位“高干”大诗人是您能戏弄的？定您老一个“现行”算是便宜。郑爷爷脸都吓绿了，问小夏：真的？小夏点点头。郑爷爷拍脑门儿：老糊涂了，可不演交不了差啊。我问：就这段子，要是演了呢？郑爷爷：唉，那就把我自己“送了忤逆”喽。我对小夏道：你也别白听评书，帮郑爷爷写份检查吧。小夏：写什么？我：就写思想觉悟低，学艺不精，评书段子没编出来，听候领导处分。郑爷爷一拍大腿：爷儿们，你算救了我，可后天我又没机会上台啦？我：您接着去塘沽码头“画锅”。郑爷爷苦笑：置下“杵儿”来，我让你郑奶奶给你们炸“巧果”。

小夏在连三桌上下笔如飞，却插言道：郑爷爷，您帮我说说他，他最近不好好学习，老让我跟着操心。前两天我跟郑爷爷说过心里的烦恼，他便对我道：咱爷俩不是一天两天了？我：您算我师傅。郑爷爷：“摆知”就不必了。我：没您我也听不到那么多故事，学不会“春典”。郑爷爷：打小我看你就是人中龙凤，要是有皇上，你小子至少也考个榜眼、探花，别浪费了老天爷赏给你的才华。我摇摇头，没言语。榜眼、探花那是封建迷信，我不稀罕，可要是一辈子好吃好喝，还有闲书看，我就知足了。郑爷爷转头对小夏道：闺女，你是个好孩子，也想法子劝劝他。小夏：我这正想主意哪。说着她递过来两页纸的检查:领导要是说不够深刻,您再找我。郑爷爷:太好了,回头我送给你女孩过节用的五色丝线、德国缝纫针。

我们从郑爷爷家出来,迎面撞上街道代表。她身后跟着民警,手里敲铜盆:“批林整风”要落实啊,孔老二不是好东西;牛郎织女是劳动人民,严禁搞迷信活动啊。各家大人出来围观,民警将新中国成立前串茶馆算卦的曹无极叫了出来,曹无极:冤枉啊,我真的不敢搞迷信活动。街道代表指着墙上的标语问:这是什么?曹无极:伟大领袖万寿无疆。街道代表:你是“屁眼儿上拔罐子——嘬屎(作死)”啊,伟大领袖“万寿”,你却自称给新中国推算出“二百年江山”来,还敢说没搞迷信活动?

街道代表和民警推着曹无极去了,我跟小夏面面相觑,心中打鼓,因为我们也有一个封建迷信的计划。小夏和她妈妈一样手笨,只能靠糊纸盒过日子。她今年最大的心愿,就是借着乞巧节,求织女把她变得手巧,然后做出口羊毛衫“挑花”的加工活,多挣些钱补贴家用。

小夏问我:你打算怎么帮我变得手巧?我问小夏:你打算怎么劝我“好好学习,天天向上”?我家同院的张奶奶出门来,将手上的两只瓷碗放在阳光下,笑道:小孩子家家的,不能搞封建迷信。我瞄了一眼瓷碗里发芽的绿豆和红小豆,坏笑道:您这肯定不是“种生”,而是发豆芽。张奶奶将食指放在唇上,目光如电:别瞎猜。她家新娶的儿媳妇一年多了还没怀孕,确实该种个“五生盆”求子了。

晚上我去金教授家学中国画,问金奶奶:您“七月七”打算怎么过？金奶奶摇头：祖上传下来的书都给"抄家"了，剩下的衣服也没一件"大毛"的，晒衣晒书的雅事就算了吧。金教授祖上是清朝皇族，下放到工厂烧锅炉，他笑道：七月七恰逢星期天，若天气晴和，我便出去晒晒这一肚皮的书。金奶奶瘪瘪嘴：那"晒衣"呢？金教授：就晒晒这身工作服，"未能免俗，聊复尔耳"！他说的是魏晋时两个名士的故事，恰好我知道，便笑了起来。金教授：别光知道笑，看看你画的那叫线吗，简直是蚯蚓爬；中国画讲究的是画线如写字，你还是多练练字吧。我：您给推荐本字帖。金教授：家里那些宋拓、明拓的碑帖都让学生们当"四旧"给烧了，你去书店买本柳公权的《玄秘塔》吧。

8月4日，明天就是"乞巧节"。放学回家的路上，小夏对我说：明天你跟我去趟文庙。我：拜孔老二犯法，我明天得去买字帖。小夏：新华书店古籍部就在文庙里。我：要是这样，中午咱们干完那件"封建迷信"，下午去。远远的，我看见曹无极肩扛竹扫帚走来，便让小夏独自回家，因为有些话我想单独跟曹无极说。小夏横了我一眼：别惹祸。

8月5日，乞巧节的正日子。我替曹无极扫完街道已是正午，街道代表又敲铜盆：别搞封建迷信啊，听党的话走革命路，孔老二那套要不得。等街道代表走过去，我到院子里等小夏，见张奶奶端着那两只瓷碗出来，张爷爷跟在她身后道：我听孙子说，昨晚街道代表把铜盆放在房顶上接露水。张奶奶一边用红、蓝丝线将一寸来长的豆芽扎成一束束的，整齐地码放在瓷碗里，一边说：我听刘婶她儿媳妇说，那娘儿们开了张“三联单”,上卫生院配的松仁、柏子。郑爷爷恰巧一步迈出来问:松仁、柏子、七月七的露水,你们这是要配长生不老药啊。张奶奶笑:是街道代表。郑爷爷一听这里边有是非,便又退了回去。张爷爷嬉皮笑脸:你说她寡妇一个,配药给谁吃?张奶奶把眼一瞪:“靠人儿”呗,现如今不是你在毛纺厂当“工头”那会儿了,别动歪心思,小心我大义灭亲。张爷爷一缩脖:有你这母老虎看家,歪心思只能动在吃上,今天炸巧果吗?张奶奶:炸他奶奶个籑儿。张爷爷:那就给我半斤细粮票,我去桂顺斋买几块“小八件”。

小夏来了,手里拿着个海碗。张爷爷举着粮票正往外走:闺女,你这是“乞巧”啊?郑爷爷推门出来拦住张爷爷的话头:你自己扎“五生盆”就得了,别打扰孩子们。说着话,郑爷爷交给小夏一个纸包, 里边果然是五色丝线和一板十根绣花针。他道:你是个好孩子,必定手巧心灵。言罢他便出门去了。小夏在他身后鞠躬:谢谢郑爷爷。

我让小夏把海碗放在阳光下,倒上半碗水晒着。去年也是我陪小夏乞巧,可绣花针在水面上浮不住,入水即沉,委屈得她哭了一场。见小夏将绣花针从纸板上一根一根拔下来,紧张得手抖个不停,我心里也不是滋味。她们家里孤儿寡母,日子太难过了,要是有手艺干点加工活,真能解决不少困难。但今年帮小夏乞巧,我心里有谱。不管怎么说,我也是天津卫的小老爷们儿,锄强扶弱,济世安良,这是本分。

半个钟头过去了,小夏问我:现在开始吗?我:你打算放几根针?小夏:去年放得多了,今年就放两根吧。我伸手:拿给我看看。小夏:“男不拜月,女不祭灶”。我:看看怕什么。小夏给了我两根针,我用手抓头皮:这两根好像有点粗。小夏换了两根给我,我捏在手里摸索半天:这两根行。小夏要哭:我不敢放。我:不往水里放,怎么能知道你是巧是拙?

小夏抖着手,将一根针横着放在水面上,没沉,浮在水面上了。她惊异地望着我,我:快放第二根。第二根绣花针也浮在了水面上,小夏的脸上全是泪水。我:你别光哭,看看是巧是拙。张奶奶在我们背后冷冷道:针影交叉似剪刀,还能不巧!我定睛一看,果然阳光将两根针的影子投射在碗底,像剪刀一样交叉在一起。小夏转泣为喜,鼓掌大叫:我手巧,真的手巧。

我故作不痛不痒:巧就巧呗。其实,昨天我拦住因为搞迷信活动,被罚扫大街的曹无极,就是为了今天小夏乞巧的事。小夏这孩子死心眼儿,去年乞巧不成,难受了好多日子,今年我无论如何也得帮她乞巧成功。听我说明情由,曹无极把脑袋摇得像拨浪鼓:我是“嘴子金”,算卦的,文化人,不知道你说的那些烂事儿。我冷着脸:我们学校最近批斗会开得少,要是挖挖您早年“卖戏法”骗人的勾当,那些爱打人的同学们肯定喜欢听。曹无极立刻软了下来,抱拳拱手:小爷儿,我早知道街面上有你这一号,你说吧,什么事?我:小夏的针为什么浮不起来?曹无极:早年乞巧用的是井水、河水,碱性大,太阳晒一会儿,碗里的水面上能结一层水皮子,针就浮起来了;现如今是自来水,太干净,当然不行了。我:明天我到哪给她找井水、河水去,还有别的办法吗?曹无极:没有了。

我知道他必有办法，只是，用郑爷爷的话说，曹无极这老家伙心眼儿坏，不会轻易告诉我。昨天晚上，我原本是想找郑爷爷讨个办法的，郑爷爷摇头：可着咱们这条街，要是有人会这种坏门，只有曹无极，那家伙改行算卦之前是干“挑除供”的，骗人的小把戏最多。于是我客气道：曹爷爷，咱爷俩打开天窗说亮话，怎么着您才能教我？曹无极：叩头拜师，就不必了，你帮我扫三天大街。我点头：没问题。等我把街道打扫干净，天已经快黑了。我送扫帚到曹无极家，他正就着朱漆小炕桌喝酒。我：扫完了，说吧。曹无极：还有两天哪。我：明天我就得用。曹无极：我看你印堂发亮，必有一步好运，等三天大街扫完，我白给你“推算流年”。我伸手把住炕桌：明天就是乞巧节。曹无极忙按住我的手：爷儿们，屁大点儿事，不带掀桌子的。于是，他告诉了我那个法门，其实很简单，就是在头发里抓点头皮屑，填在针眼儿里，针就能浮在水面上了。

乞巧成功，小夏兴高采烈，拉着我直奔文庙新华书店古籍部。文庙里的建筑很破烂，泮池里没有水，房子上的油漆全都掉光了。古籍部在院子的东北角，旁边是座三层阁楼。许是星期天的缘故，书店里人很多，多半是书法爱好者，挤在柜台边高谈阔论，什么“新魏碑”、《灵飞经》之类的。我母亲非常支持我学习，听说我要买书，昨天给了我两毛钱。我挤到柜台边，买了一本《柳体“玄秘塔”标准习字帖》，北京出版社出版，定价一角二分。

小夏见我满头大汗地挤出人群，便悄悄拉着我来到旁边的三层阁楼前，指着上边道：我给你挡着点，你拜拜。我：拜什么?小夏正色道:别乱讲话,拜就是了。我不想让小夏生气,便双手合十,望着楼上拜了几拜。不想,楼里出来个胖老头,大喝一声:小毛孩子又不考大学,拜什么拜!这时我才看清,阁楼门边油漆脱落的柱子上,有副字迹浅淡的楹联:星透光芒文有象,笔补造化天无功。我盯着小夏问:这不是魁星阁吗?小夏笑道:郑爷爷说的,七月初七,书生拜魁星,必有状元之份。

小夏这是鬼迷心窍了,但我又能说她什么呢,毕竟她是真关心我。小夏:郑爷爷还说了,让我带你去李公祠大街,看看刘春霖的状元楼,免得你意气消沉,没了志向。我可不想中什么状元,当官多累,连个不算官的街道代表都那么辛苦。我只想一辈子清闲读书,当然了,还得有好吃好喝。于是,我拒绝了小夏参观状元楼的建议,用买书剩下的八分钱买了两根冰棍儿。奶油冰棍儿五分,我给了小夏,我吃水果的,三分。

小夏说:好吃,长大后你跟我结婚吗?闻听此言,我的冰棍儿掉在了地上,我斩钉截铁道:只要不逼着我当状元,什么都好商量。

苹果菜

我第一次吃烟台苹果时七岁半，1968 年春末，收音机里说马丁·路德·金被刺杀，伟大领袖发表了支持美国黑人斗争的声明，还选播了一段马丁·路德·金的演讲《我有一个梦想》："我梦想有一天，这个国家会站立起来，真正实现其信条的真谛，'我们认为这些真理是不言而喻的：人人生而平等。'"

我父亲在天津火车站前的果品糕点店上班，因为家庭出身地主，被暂停组织生活，改当搬运工。他带回来一只苹果，上边有块圆圆的黑斑，母亲将苹果洗净给我，黑斑变成深洞，我沿着洞口一点点啃。同院张爷爷懒在躺椅上喝小叶香片，全不管院门外贴着骂他是工贼的大字报，叫我过去摸肚皮猜午饭。说评书的郑爷爷举着崭新的晶体管收音机一脚门里一脚门外，对我大叫：小心苹果，工头儿不是工人阶级。张爷爷白了他一眼，隔着肚皮摸出我肚子里有苹果，带皮儿的。我好奇，他便教我诀窍，就着我的手一口咬下大半个苹果，于是我也在他的肚子里摸出苹果来，带皮儿的。我举着剩下的苹果让郑爷爷也咬一口，他摇摇头，与张爷爷摆开象棋道：日本降服前一年秋天，我到烟台跑码头说《小五义》，没挣上钱孝敬伪警察，被打伤左腿，误在那边回不来。张爷爷见我拿着吃剩的半个苹果核不知如何是好，便让我把果核放在他嘴里：烟台苹果有名，青香蕉、红香蕉，这种叫“国光”，日本种儿，酸甜脆，做拔丝苹果合适。

郑爷爷：是个栖霞县的汉子救了我，带我回他老家，白天帮着切苹果晒片，晚上给摘苹果的短工说评书，苹果随便吃，还发给我一顶草帽一条毛巾；我在他家养了一个月的伤，那个栖霞汉子就成了我的大舅哥。

张爷爷：拔丝苹果首要在熬糖的火候。郑爷爷的当头炮吃卒：将军。张爷爷飞象挡住：国光苹果切块挂面糊炸成金黄色，太谷洋行的白砂糖熬到翻细泡出香味时，倒苹果进去大翻勺出锅，带一碗凉水上席。郑爷爷：栖霞的苹果片晒成后象牙白，又绵又甜。他回身往屋里喊：过年回娘家带来的苹果片还有吗？给这孩子拿点。郑奶奶面似银盆，笑着出来：有多少东西能禁得住你这张馋嘴。郑爷爷：又不是让你《二堂舍子》，还叫板起唱儿。郑奶奶往我手里塞了两块有面香味的“巧果”，是她老家的特产，一块金鱼一块小白兔，眼睛点着红点。我舍不得吃，攥在手心里问张爷爷：后来呢？张爷爷卧槽马将军带踩炮：嘛后来？我：拔丝苹果？

这时，门外雄赳赳进来两个男人，臂上戴红箍，箍上的黄字我只认识“战斗队”三个字。来人：老张，厂里来了军工任务，加夜班，主任让我们哥们儿“请”你来了。张爷爷丢给他们每人一棵恒大烟卷：稍等片刻，还有五步我就将死他。郑爷爷：你做梦吧。那两人倚在院门边吸烟，我问：拔丝苹果呢？张爷爷笑：现如今一个月二两糖票，不够铺满锅底儿的，做不成啦。然后他回身冲屋里大叫：丑儿他奶奶，上肉铺子看看有没有猪蹄，先买一个给我炖上，上台挨批斗费腿费腰，挂工贼的牌子费脖子。张奶奶两眼精光四射，她当年在东亚毛纺厂干过搜身的女门警：老虎腿的五斗橱你吃吗？家里没肉票啦。张爷爷把过河的卒子往前拱了一步：过河的卒子顶大“车”，你找街坊四邻借去，这人缘混的。吸烟的男人：差不多啦，厂里一千多号人等你的大驾，主任发话，“阶级斗争一抓就灵”，能不能完成任务，可全指望批斗你鼓干劲了。张爷爷进屋换身旧衣服出来，对郑爷爷道：残棋别动，我回来接着下。这时，郑爷爷的收音机里传来《红灯记》李玉和唱的导板：“狱警传，似狼嗥，我迈步……”郑爷爷手快，赶紧将后边半句不合时宜的高腔掐断了。张爷爷边往外走边对我说：小子，等着吧，等你娶媳妇，让大厨给你做拔丝苹果。

我问郑爷爷：您吃过拔丝苹果吗？郑爷爷：我走南闯北，什么没吃过？我：什么时候吃的？郑爷爷：闹小日本儿那会儿，大混混儿袁三儿“飞贴打网”，说是给他姥姥做冥寿，开的是四碟四碗的流水席，八个人一桌；我们做艺的出堂会算尽义务，免“杵儿”之外，还得随礼交份子钱。我：有拔丝苹果吗？郑爷爷：苹果都让小日本儿运回老家了，是拔丝土豆，吃“杂合面”的日子，白砂糖比燕窝、鱼翅还贵，一上桌就抢光了。我：

怎么拔？郑爷爷笑：那糖丝可长，你得站到凳子上才能拔断。郑奶奶也笑：别听这老东西的，到时候你趁热夹一筷子苹果蘸凉水，糖脆了再吃，要不然粘牙。郑爷爷迈步往外走，嘴里接上李玉和被掐断的高腔："我迈(呀)步，出监……"他的音调高亢，声震屋瓦。郑奶奶：出门管好你的嘴，别老往外蹦旧词儿。郑爷爷：不使旧活，哪来的饭辙，塘沽港下来的船员，净是五大洲四大洋的华侨，置下"杵儿"来都是外汇券，明年就给你买大罗马手表。当晚，郑爷爷没回家，郑奶奶急得四处乱转，不知如何是好。刚开完批斗会回来的张爷爷赶到曲艺团去问，这才得知实情，说是郑爷爷在海员俱乐部外边给华侨表演"封资修"评书《白玉堂三探冲霄楼》，被革命群众扭送公安机关了。

1972年2月28日，我十一岁。收音机里说：美国总统尼克松访华，中美双方在上海就《联合公报》达成协议。我父亲用自行车驮回半筐烂苹果，张爷爷凑近前来瞅了一眼：呵，红香蕉，美国种，尼克松带来的吧。父亲客气道：烟台的，您来一个？张爷爷：全都是烂掉一半的。说着话他一手抓了两个，高叫一声：丑儿他奶奶，洗苹果。郑爷爷拉开门走出来：你老小子又跟人家孩子争嘴。张爷爷：这是"飞来凤"，你也弄俩？郑奶奶从门里一把将郑爷爷拉回屋，对我父亲道：烂苹果不中吃，别让孩子伤了肠胃，熬果酱吧。

晚上家里没做饭，父亲将苹果去皮核切块兑水，让我就着省下的炉火熬果酱，他和妈妈晚上都得各自回单位学习中美《联合公报》。我拿个马勺不停搅拌，以防煳了锅底。张爷爷抚着肚皮来到院里：今儿这麻酱饼马马虎虎，芝麻酱没有芝麻味，面也差劲。郑爷爷：你是工头的肚子，资本家的嘴。张爷爷：日本降服第二年，美国甩卖战争物资，满大街叫卖美国洋面，还有铁罐没签的美国奶粉，丑儿他奶奶拿美国奶粉兑水和美国洋面烙发面饼，从胡同口就能闻见奶香味。我问：奶粉是什么东西？张爷爷笑：看着像白面，拿水一冲就是牛奶，奶孩子的高级玩意儿。我还是不明白：孩子没奶吃，不都是蒸白面过箩打糨糊吃吗？张爷爷：你就知足吧，“节粮度荒”时落草，能活下来都是命大的。

郑爷爷：别理这老梆子，告诉你孩子，美国人最爱吃苹果。张爷爷打岔：美国人还爱吃吉普女郎呢。郑爷爷没理会张爷爷，接着对我道：日本降服不久，美国人马歇尔就来了，在北平成立了一个“军调处”，天津设了个分处；大概也是二月底，天津市政府招待军调处三方代表，起士林的大厨，吃西餐，专门做了一道美国点心叫“苹果派”。张爷爷不高兴了：牛皮不是吹的，吃“军调处”的宴会，还“苹果派”，你也配？郑爷爷也生气了：不信你问我师兄，那回为了哄美国人高兴，天津市市长特地叫了一出堂会，给我师兄捧哏的刘有福没福气，闹“春瘟”，他跑肚拉稀起不来，我师兄临时拉着我去的。张爷爷：拉你出洋相吧？郑爷爷：捧哏说相声，《地理图》，我师兄“抓现挂”从北平一直走到纽约华盛顿，我给捧得是滴水不漏。我问：那“苹果派”好吃吗？郑爷爷：死甜死甜的，那些个败家子可真舍得糟践白糖啊。

锅里的苹果酱已经接近糊状，颜色锈黄，该往里边搁白糖了,但我知道家里没有糖,别说白砂糖、绵白糖,就连颜色发黑味道发苦的“古巴糖”也没有。张爷爷伸出两根手指从锅里挖了一指头苹果酱,放到嘴里咂摸滋味:酸,太酸了。郑爷爷也摇头:家里最后一口绵白糖,刚让我晚上蘸窝头吃了。无奈之下,我往苹果酱里放了两勺盐。穷人过日子绝不能糟蹋东西,哪怕这锅苹果酱加盐后变成一锅醋,也不算我白费了这一炉火。父亲回来得很晚,尝了尝我熬的咸苹果酱,只说了一句:有股子清香。

第二天一大早,郑爷爷被派出所民警带走了,说他是潜伏多年的“美蒋特务”。当晚,张奶奶目光闪烁不定,偷偷用大碗给我送来一只红烧猪蹄,还带着半碗肉汤。父亲不许我吃,等天黑透了,他用铝饭盒装上猪蹄和肉汤,远远地跑到铁道边倒掉了。我问:为什么不能吃?父亲横了我一眼:学坏都是从嘴馋开始的。我不死心,接着问:这是不是街道代表说的,“举报特务,政府有奖”。父亲打了我一巴掌:这是分赃,拉你下水;“贼咬一口,入骨三分”。一个月后,郑爷爷回家来了,脖子上缠着纱布,面色灰黄。张爷爷来到郑爷爷家门外,满脸同情地给他道烦恼,郑爷爷走出门来笑道:不知哪个绝后的玩意儿不开眼,找个由头送我去疗养了。张爷爷打哈哈:没挨打吧。郑爷爷:挨打,你当我是“牛鬼蛇神”了?“美蒋特务”在里边住单间,吃大米白面,炖肉熬鱼。张爷爷指着郑爷爷的脖子:你这伤?郑爷爷:让您见笑,吃糖饼烫的。我不明白:吃糖饼怎么会烫脖子?郑爷爷连说带表演,语调铿锵,功架扎实:热糖饼刚从炙炉上下来,你一撕饼,糖流到胳膊肘上,你抬手低头舔胳膊肘上的糖，就忘了手里的饼，结果，饼里的热糖就全倒在脖子上了。我模仿郑爷爷的动作，心里想着热糖饼，果然是这么个道理。郑爷爷问：你那苹果酱怎么样了？我笑道：拌麻酱面吃了，又酸又香又开胃。郑爷爷：行，你小子是个吃主儿，改山西口味了。

许多年之后，我教给我女儿的第一道菜是用苹果拌凉菜，西红柿、去皮黄瓜、苹果切寸片，为防氧化最后切苹果，然后放少量橄榄油或色拉油拌匀。有西红柿的酸和苹果的甜就足够了，放油只是为了保鲜防氧化，不用再放其他调味品。此菜老少咸宜，清香酸甜酥脆，开胃解腻，属“中庸之道”，用来给六岁的女儿开蒙，学习调和五味的“宰相本领”最合适不过。女儿上大学之前，我教她的最后一道菜就是“拔丝苹果”，用的是栖霞产的红富士，是日本人在战后用国光和红香蕉杂交而成的新品种。我对她说：你此去马丁·路德·金的故乡，有“拔丝苹果”压箱底，不愁斗不过“苹果派”。九〇后的孩子不懂老爹的苦心，她头一摇嘴一撇道：都是苹果，谁斗谁呀？

木耳黄花

1975年12月26日，天津市河北区东四经路居安里，我14岁。与往年一样，今天是全国人民吃寿面的日子，伟大领袖诞辰。副食店终于有了稀罕的木耳和黄花菜，每户半两，街坊四邻紧攥副食本挤在店里排队，售货员手脚不拾闲，买酱油打醋的就没工夫接待了。店堂中央是煤油桶改造的大火炉，马口铁的烟囱，新中国成立前撂地说新闻的汪记者把炉火捅得旺旺的，不买东西只烤火。店里的红灯牌收音机先唱了段京东大鼓“天若有情天亦老”，然后播新闻：美联社报道，美国总统福特向国会报告，访问中国大获成功；新华社报道，焦枝铁路建成通车……并全文播报去世理论家的“悼词”，是前所未有的高度评价。

我捅捅说评书的郑爷爷：笸箩里黄花木耳不多了，未必买得上。郑爷爷：不行就改炸酱面。我犹豫：炸酱？家住2号院的曹无极笑话我：为碗炸酱面你还求个签不成？曹无极新中国成立前串茶馆算命相面，如今在工厂里守夜。他带个窝头来排队，让卖肉的胖老头替他切片在火炉上烤，还找店里借个玻璃杯，打七分钱一两的绿豆烧，蹾在炉沿上温着。窝头片沾了切肉刀上的猪油，烤得焦香松脆，众人望着窝头片的眼神，就像座山雕瞅联络图。曹无极伸手在柜台下的咸菜坛子里偷了一根酱萝卜条，一口酒一口酱菜一口窝头，吃相张狂。汪记者也将手伸向窝头片，被曹无极在他手背上啐了一口：一饮一啄，皆为天定，你那命里就没有这片窝头的造化。那烤窝头香得好似"资产阶级糖衣炮弹"，我向郑爷爷瞅了一眼，见他将嘴紧闭成一线。已经是下午四点多钟，大家都饿了。曹无极：后边的人散散吧，回家拿碗来打面酱；谁能买上我早掐算出来了，木耳黄花，到我这儿正好是最后半两。人们排的队伍很长，店门外大约还有一百人，我排在曹无极身后，郑爷爷和教自然课的姜老师排在我身后。我虽然眼馋烤窝头，但一年只能吃这一次黄花木耳打卤面，曹无极说东西到他那就卖完了，这是明目张胆的阶级报复，恨我昨天跟他小儿子打架。又一片窝头烤脆，曹无极又偷了根酱萝卜条，我看到汪记者的眼里分明飞出两把刀来，众人的眼神也变成杨子荣瞅小炉匠了。我像李铁梅似的紧咬后槽牙，转弯抹角甩闲话：曹大爷，您老年高有德，您给他老人家祝过几回寿了？这话深层的意思是，您那么大岁数，吃不了几回伟大领袖的寿面了，何必张狂。曹无极横了我一眼，没理会深层意思，只是就着这话的表面意思，左手压右手，抱拳朝左肩上方的空中拱手施礼：他老人家洪福齐天，但从哪年开始有了这规矩，我还得想想。他问郑爷爷：师叔，是从七十整寿那年开始的吧？

汪记者:你一捯岁数不就捯出来了?郑爷爷不爱搭理他:推流年是你的本行。姜老师:伟大领袖 1893 年 12 月 26 日早晨八点多钟出生,五年后的同一天,居里夫人发现了镭。

此刻,排在曹无极身前的人们多半嘴角上翘看笑话,排在他身后,被他断定买不上黄花木耳的人们则脸色铁青。四天前过冬至节,许多人放弃本地风俗,没舍得买肉包馄饨,为的就是省下肉票吃这顿打卤面。于是,众人齐了心似的给曹无极起哄:算算吧,你的"无限忠于"也只能表现在这了。同时有人捂着嘴小声说:也算算你自己的阳寿。曹无极摇头感叹:"破四旧,立四新",我那手艺如今不时兴啦。有些人露出失望的神气,胖老头在肉案子后边笑骂:你该不是把祖师爷忘了吧?汪记者指天画地对众人大叫:天津解放那年,黄花鱼上市,人民解放军占领南京,我可记得他亲口说的,过江的日子,是解放军请他给推算的。众人接着七嘴八舌地催促,起哄架秧子,闹作一团。曹无极看似无奈:这可是你们让算的。他放下酒杯,右手屈指如飞:推算起来,龙降之日是癸巳年甲子月丁酉日甲辰时,光绪十九年;看看这四柱,显见得是真龙出世,尧舜禹汤重生,德配天地,代天牧民……"七十三,八十四",不对,应该这么说,各位把心放在肚子里,就擎好吧,只要过了明年寿诞,虽不至于万岁,但九千岁是手拿把掐。说完他哈哈一笑,就在此刻,售货员宣布木耳黄花卖完了,什么时候再有货不知道。众人将曹无极好一通嘲笑,便各自散去。

当晚胡同里多数人家吃炸酱面,胡萝卜丝菜码显出寿面的喜庆,各家的差别只是黄酱和面酱不同而已。天黑得早,街道代表在胡同里敲铜盆：大喜的日子别生事啊，各家户主都别出门，一会儿有"家访"啊。她一遍遍喊着远去了，我父母却立刻拿眼盯着我看，我学郑爷爷使了半招"云手"，将双掌向外一翻，出言斩钉截铁：我知道深浅，今天可没敢惹祸。民警来访时已经半夜，他坐在凳子上，问下午副食店里发生的事。我趴在被窝里努力回忆，将知道的事复述一遍，不带情绪，没编没造，都是原词。民警反复查问几个关键点，"七十三，八十四"，还有"九千岁"，最后又问"算阳寿"的事。我强调：不是曹大爷说的，是有人拿他找乐，让他给自己算算阳寿。民警记下我说的每一个字，然后说已经把当时在场的人都问了，有不清楚的日后怕是还要来添麻烦。父亲求情：这孩子虽然淘气，但爹亲娘亲不如伟大领袖亲，他绝不敢出大格。民警告辞："亲不亲，阶级分"。父亲的脸色顿时灰白，因为我爷爷的成分是地主，父亲本人还没恢复组织生活，不算无产阶级。

第二天事情便清楚了，曹无极被民警带走，罪名是"阶级敌人贼心不死"，恶毒攻击伟大领袖。汪记者：要怪也怪曹无极自己，"七十三，八十四"能随便往人身上安吗，那是"坎"，你说谁家的老人，谁不跟你急？胡同里的人们胡乱猜测，到底是谁告发的曹无极，最后异口同声指向汪记者。汪记者一蹦三尺高：别再害人啦，不干我的事，他曹无极是"嘴子金"，半辈子拿嘴骗人，种业无数，今天算是因缘果报，要搁在早年间，这罪过得灭九族。郑爷爷避开众人背了句《语录》："历史的经验值得注意"。我明白郑爷爷的意思，但还是追问一句：这次是哪出戏？郑爷爷：说不好，反正不是《五人义》。我想了想，京剧《五人义》讲的是明朝宦官魏忠贤乱国，诬害东林党人的故事。魏忠贤人称“九千岁”，看来，这曹无极果然是妄言休咎，“恶毒攻击”。但我还是有点不明白：到底是谁让曹大爷说的那些犯罪的话？郑爷爷吓唬我：就是你小子使的坏。姜老师郑重道：是在场的所有人。我把眼瞪得老大：难道是破鼓万人捶，墙倒众人推？ 郑爷爷坏笑：不过，是你小子开的头。我摸了摸后脖梗，但一点也不担心。我只是看戏叫好，哪来的罪过？

一年后，1976 年 12 月 26 日，我到副食店买木耳和黄花菜，见曹无极正在里边烤窝头片，喝绿豆烧。我叫了声曹大爷，他好像没听见，举着酒杯，脸上的愁容像挂了霜，“祥林嫂”似的自言自语。后来我听说，曹无极自从半个月前被放回来之后，每天在家里晨昏三叩首，早晚一炉香，向伟大领袖的塑像忏悔，口中颠三倒四只有一句话：我一辈子都没算准过，这回怎么就一语成谶了呢？

盖浇饭

1970 年 1 月 1 日，天津市河北区东四经路居安里。今天“两报一刊”发表元旦社论《迎接伟大的 70 年代》，收音机全天不间断全文广播。我母亲在塘沽“五七干校”下放劳动，父亲在果品糕点商店“保障供给”，我独自在家，晚上没饭吃。但我一点儿也不担心，“找饭辙”是天津男人的本功，虽然只有 9 岁，我也算是半条汉子了。

家住 3 号院的汪记者跟 10 号院的何大拿在胡同口展开“大辩论”，争得面红耳赤。他们辩论的题目是“蓟县肉蘑算不算是口蘑”，引了一圈闲人在看。我守在一边听大人说话长见识，脚上没棉鞋，冻得脚趾疼。与街上搭高台竖大喇叭的各派人马一样，辩论从来都不会有结果，但何大拿较真，让我去请郑爷爷。曲艺团说评书的郑爷爷经多见广，先作了个四方揖：各位老街旧邻，“要文斗不要武斗”；蓟县我知道，离窦尔敦盗御马的“连环套”不远；口蘑我也知道，民国时我到张家口说《施公案》，喝过几碗口蘑碎末吊汤打卤的豆腐脑，滋味也还记得。汪记者面冷话硬：别在老师傅面前充熟的，想当年你在南市“三不管”撂地说书，哪回遇上我，还不是白“圆粘子”，“杵儿”都让我置下了？汪记者其实不是记者，而是他新中国成立前在“鸟市”撂地说新闻用的外号，新中国成立后艺人参加工作，曲艺团不要他，为此他便瞧着加入曲艺团工作的郑爷爷不顺眼。何大拿指着汪记者对郑爷爷道：这老爷子没实话，满嘴跑火车，够一百二十顶“坏分子”帽子，您给来句真格的。何大拿也不是封建把头，而是国营汽车运输公司的司机，年轻气盛爱往自己身上揽闲事，这才落了个“大拿”的外号。

郑爷爷抄手抬眼望着半阴的天空，嘴里数着蘑菇菜谱：鲁菜烧南北、闽菜扒口蘑面筋、淮扬口蘑烩鸭腰、北京功德林口蘑焖鱼翅、陕西口蘑汆双脆……可惜副食店里只有半柳条笸箩碎松蘑，卖得还挺贵，我怎么就想不起来那肉蘑的模样了？何大拿：您老别着急，我回家拿给您看。言罢他拔腿就走。郑爷爷客气地劝围观众人散去，这才对汪记者道：我把众人都劝开了，您自己找台阶下吧。汪记者：凭什么，我今天就得较个真章。郑爷爷赶我走：小孩子别听大人说话，回院告诉你郑奶奶，晚上吃打卤面，先把面和了，黄花菜泡上。我只是跺了跺寒冷的双脚，没动窝。郑爷爷对汪记者道：老弟，当年管事的都是“翅子”，他们不让你参加工作，不干我的事；再者说，往日你在人前人后败坏我也就罢了，今天非让我给较个真章，玩现了可不好看。汪记者梗着脖子：你既然这么说，咱就新账老账一块算，告诉我，你从曲艺团退休拿多少钱？郑爷爷：四十二块七毛。汪记者怒：我退休才拿二百大毛。郑爷爷：

我都退休十年了。汪记者的话掷地有声:“过去的十年,是敌人一天天烂下去,我们一天天好起来的十年”;你退休金比我多一倍还带拐弯,当年不是你在“翅子”面前给我下药,我也不至于落魄到街道小工厂。汪记者前边说的两句话,正是今天的“元旦社论”。郑爷爷笑了:行,还能“砸现挂”,你身上的活没撂下,等赶上好年头,照旧夹着包袱皮儿奔鸟市。汪记者:现在年头不好吗,你这是污蔑伟大领袖,是“二月逆流”,是“右倾翻案风”。

何大拿回来了, 手里举着比胳膊还长的一串形似小笔,红褐色的肉蘑给郑爷爷看。郑爷爷接到手里:老眼昏花啦。他明显在给汪记者找台阶下, 叫住菲律宾的归国华侨姜老师:您是学校自然课老师,您给掌掌眼。姜老师手里拎着根草绳,绳上拴了两条细瘦的带鱼,手伸得远远的,怕弄脏他身上那件纯毛灰呢子大衣。汪记者:您可得看清楚喽,要不我先帮您擦擦眼镜? 姜老师客气道:不麻烦了,这应该是真菌界、担子菌亚门、层菌纲、伞菌目、铆钉菇科、铆钉菇属中的血红铆钉菇,英文名叫 Chroogomphis rutillus。何大拿一拍手:怎么样,我说得没错吧,正经好玩意儿,连外国名字都有。汪记者阴恻恻反击:咱们辩论的是它算不算口蘑,您说这烂玩意儿算口蘑吗? 姜老师:这是针叶树木的外生根菌,在我们伟大强盛的祖国,东三省、内蒙古自治区和华北地区都有出产;至于算不算口蘑,我就不知道了。

汪记者抖着手笑话何大拿:完啦,没戏唱啦,告诉你记住喽,知道什么叫口蘑吗,就是以张家口为集散地贩卖的蘑菇,口外来的；你这玩意儿哪来的，阴沟墙角挖的"狗尿苔"吧。姜老师点首告辞，回家给老婆烧带鱼去了。郑爷爷安慰何大拿：年轻轻的别太较真儿，其实张家口也有肉蘑。何大拿：不能让阶级敌人钻了空子，不较真儿怎么"抓革命，促生产"，怎么"备战、备荒、为人民"？郑爷爷苦笑：你们俩就是一对拧种啊，这蘑菇你是打哪儿来的？何大拿：去年十月底，中苏边界谈判那会儿，我们运输公司帮着市果品公司进山收柿子，就在蓟县县城东边古香峪，老乡家里得来的。郑爷爷：你们这帮土匪又去祸害老百姓了？何大拿：怎么是祸害，车厢里不长高粱，车楼子里不种黑豆，不找货主要我们吃嘛；没想到的是，那生产队也太穷了，没有耕地，山上全是上百年的山核桃树，拿老倭瓜当粮食，大姑娘的裤子露屁股；我让生产队长给我抓两只鸡，他差点给我跪下，说鸡屁股是他们家的银行，孩子上学老人养病全靠它了。汪记者来了精神：你敲诈农民兄弟？何大拿理直气壮：我没抓他们家鸡，但也不能空手回来，我要是不让装车，他们全队的柿子都得烂在山里；生产队长给我扛来半麻袋大个的山核桃，说在前清卖给北京八旗子弟，一颗就值一两银子，但我没要，那玩意儿空心没仁；最后没办法，我从他们家门框上摘了两串肉蘑，一串还孝敬我们汽车队长了。郑爷爷：你吃了吗？何大拿：进门我老婆就泡上烩胡萝卜，一吃满嘴都是沙子。郑爷爷举着肉蘑：你老婆不会做，你还吃吗？何大拿大大方方一挥手：给您了。汪记者伸手就抢：这可不行，见一面分一半。何大拿把他推开：你不是说这是狗尿苔吗？您老口儿高，留着吃口蘑吧。

见事情有了分晓，我便将两手插在裤袋里，抖着腿看着他们。挨了半天的冻，我等的就是这一刻，别看我才9岁，也算是位高邻，不撂下句正经话，甭想迈过我这门槛去。郑爷爷笑道：你小子属黄鼠狼的，见着好吃食迈不动步，晚上过来吧。于是我们四个人各自回家，至于“大辩论”嘛，随他去吧，反正谁辩谁糊涂，找饭辙才是正经事。

当晚，我端着饭碗来到郑爷爷家，何大拿两口子也在，他们和我一样，手里端着一碗籼米饭。用我父亲的话说，这叫“过拳不过酒”，是“节粮度荒”留下的君子遗风。每个人的粮食有定量，各家都不富裕，吃人家粮食不厚道，但吃菜不怕，无非是多加把盐的事。郑奶奶正在打卤，将两毛钱五花肉煸出油来再炸大料瓣（八角），卤里的稀罕物是黄花菜和肉蘑，勾欠出锅时滴几滴香油，再撒上自家养的青蒜苗碎粒，顿时香气蒸腾而上，充满了无产阶级革命热情。郑奶奶在我的饭上铺了一层白菜心细丝和几颗煮黄豆，再浇上一勺卤，便成了一碗“盖浇饭”。打卤我吃过，但肉蘑是第一次入口，什么叫滑溜、滑腻、滑爽、滑嫩……反正所有的好词前边加一个“滑”字，便是蓟县肉蘑的美妙。8号院的金教授来借一碗底醋，被郑奶奶硬是留下吃了碗面。金教授指甲缝里满是烧锅炉的煤灰，郑爷爷：贝子爷偏劳了。金教授摇摇头，看见我的盖浇饭：您是个吃主儿，这碗饭乃“周八珍”之一，“煎醢加于陆稻之上，沃之以膏，曰淳熬”。到了四十多年后的今天，出名好吃的蘑菇我大约已经吃过一半，但仍然忘不了这碗“淳熬”的滋味和肉蘑的口感，反倒是“大辩论”，怕是很少有人记得了。

五日流言

1976年10月9日，星期六，距首都北京120公里，天津市河北区东四经路居安里。再过五天我就15岁了，我有一个梦想，生日那天买一本《新华字典》。

我一手托着面酱碗，另一只手将一两肉票和一毛钱递上去：一两肉，多要肥的。副食店卖肉的胖老头冲我嘿嘿一笑：你小子思想反动，伟大领袖他老人家刚刚逝世一个月，你就敢吃炸酱面。他将一小块血脖丢在秤上：一毛钱的，不多收你肉票，便宜你了。我嘴上向来不饶人，发现他包肉的纸是一本《学习与批判》，便道：你敢拿革命报刊包肉，只要告诉街道代表，就送了你的"现行"；一两正经肥肉，不然我给您老来个血溅"狮子楼"。我不是武松，胖老头也不是西门庆，这都是"评《水浒》"闹的。胖老头假装吓得一缩脖：你小子就是一个张铁生啊。然后他把秤盘子里那块烂糊糊的血脖换成一小片雪白硬挺的肥膘，依旧在杂志上扯了张纸托着肉丢给我，纸上文章的大标题是《由赵七爷的辫子想到阿Q小D的小辫子兼论党内不肯改悔的走资派的大辫子》。我不依不饶:猪肉九毛钱一斤,一两九分,找零。胖老头举手作势打人,但还是找给我一分硬币。商务印书馆的《新华字典》,精致得好似“红宝书”,深绿色塑料封皮,里边的纸又白又薄,“580 千字,定价:1.00 元”。从今年春节我就开始存钱,加上这一分硬币,我已经有六毛三分钱。只是,在未来的五天里,我要想再弄到三毛七分钱,怕是比王莽篡位还难。不过,伟大领袖他老人家说了,“世上无难事,只要肯登攀”,我现在是“王莽谦恭未篡时”,哪怕“上九天揽月,下五洋捉鳖”,这字典一定要买。

好几年前我就开始看书,但像样的书太少,只能到处借,许多都没头没尾,纸也发黄变脆,有些还是竖排版繁体字。我囫囵吞枣地乱看,把《史记》当小说,看不懂的跳过去,最喜欢《神秘岛》和《狄公案》。去年全国开展评“水浒”运动,父亲单位发了一套《水浒传》当批判材料,那一百单八将的故事,精彩得让我心痒难挠,半年就看了十来遍。虽说那书是简体字,但生字太多,像鼓上蚤时迁盗甲那段,“狻猊”两个字连语文老师都没把握,更不要说“挑帘裁衣”那段,王婆儿使的“马泊六”奸计到底是什么意思呢?有大人教训我:少不看《水浒》,老不看《三国》,你小子这是要学着造反哪。我猜他们必定是抓革命促生产累的,自己没工夫看书,妒忌我。只要有一本《新华字典》在手,我就能认得所有字,必定能充分领会他老人家为什么会说“《水浒》这部书好就好在投降”。

家里有客人,是父亲的好友。我刚叫了声叔叔,便被父亲从家里赶了出来,然后他们继续低声说话,脸上阴晴不定。我夹着《水浒传》来到胡同口，路灯下聚着几个男人，牛鬼蛇神似的交头接耳，挥手把我往远处赶。我找了块半头砖垫在屁股底下，假装看书，不远不近地偷听他们说话。采购员韩大爷见多识广：我这次回来郑州大堵车，在火车上蹲了四天五宿……在北京听朋友说……武则天、吕后……娘娘自个说的，还没下文件，听说快了。曲艺团说评书的郑爷爷喜欢将古比今：这是要唱《盗宗卷》呢，还是《端午门》？杨排长手里提着旅行包：首长电报来得急，我得赶火车……说不定真会随部队进京。采购员韩大爷：我明天去上海采购假领子……领导让我看情形不妙就赶紧跑，别溅一身血。说评书的郑爷爷：今年八月份全国曲艺调演，我们团唱单弦的看见正宫娘娘了，这回说不定真的一翻两瞪眼儿，大唐变大周……

大人们不让我听，但零星飘来这几句，我也能猜出个大概，谁叫我看了一肚子杂书呢。现如今，伟大领袖"驾返瑶池"，不管是赵匡胤陈桥兵变，黄袍加身，还是武则天改国号当女皇帝，都早就在马克思的历史唯物主义和伟大领袖的辩证法预料之中。用说评书的郑爷爷话说，伟大领袖要不是精熟诸葛亮的"马前课"和刘伯温的《推背图》，怎么会"用兵真如神"呢？我觉得郑爷爷说得对，收音机里那一句"按既定方针办"，说得多清楚；再者说，这两天反复广播，新主席，新中央，给老人家在天安门广场正中央建纪念堂；大人们这是瞎操心哪。可有一节，这"既定方针"到底是个什么方针呢，居然能保得铁桶般的江山？"君心深似海"呀！我学着郑爷爷的腔调发了声感叹。

10 月 10 日星期天，学校里学工劳动。我早去了一会儿，找语文老师问字，被一向喜欢我的老师赶了出来，说是在开会，但看他们变颜变色的模样，倒像是“策划于密室，煽动于基层”，这大约跟昨晚大人们议论的话题有关。在我眼里，学工劳动的铁工厂就是阿里巴巴的宝库，随便一根铜条铁棍卖到废品收购站，就够我买字典的。但是，一来那是集体财产，拿了算偷；二来看门大爷像刘文学似的目光如电，大约把我们都当成偷辣椒的坏分子了。这时，给铁工厂运废品的马车正往外走，我向同院张奶奶的孙子张丑儿一使眼色，两人便溜出学生队伍。马车上堆着大片的废铁，后边破烂的柳条筐里装着被冲床冲出来的圆铁片，一毫米厚，五分硬币大小。我们两人一个望风，一个用脚使劲踹柳条筐，每踹一脚，便有几枚铁片从筐眼儿里滚落到地上。等到车把式发现了我们的把戏，举着长长的鞭子轰赶我们的时候，我和张丑儿每人口袋里都已经装了一斤多铁片——这是我们在地上捡的，不算偷，依旧是伟大领袖的好孩子。

我妈妈正满街找我，大舅来了，得给他做顿好饭，焖米饭熬鱼，让我拿着副食本去买朝鲜进口的橡皮鱼。我把铁片交给张丑儿，让他去废品收购站，卖的钱拿回来“二一添作五”。大舅和父亲也是神神秘秘的样子，不让我听他们说话。但大舅疼我，说来得匆忙，没给你买糖，便给了我一毛钱。我拿着妈妈收拾鱼剩下的鱼皮和内脏，给修鞋的聋师傅养的大肥猫送去，修鞋棚下聚着邻家几个男人，照例是神头鬼脸地密谋。聋师傅收下猫食，给了我二分钱。郑爷爷笑我：你这是《花子拾金》哪，二分钱你就乐成开花馒头了，明天要是封你东宫太子，怕是赶不上王宝钏的造化。我一点儿也不生气，郑爷爷天生嘴损，但人是好人。再者说，我现在离《新华字典》只差两毛五分钱啦，更不用说一会儿张丑儿还要给我送卖废铁的钱来，今天是大喜的日子。张丑儿来了，两腮鼓鼓的。我伸手，他往我手心里放了一块奶糖。我问钱呢？他指指糖，口音含混：奶油的，二分一块。我让他张嘴看，里边是三块奶糖。我押着他去糕点店，卖糖的大姐眉弯眼细，但不通人情：商品售出概不退换，更何况是吃食。我又押着张丑儿去找他奶奶，张奶奶把我的那块奶糖塞进她孙子嘴里，给了我一分钱道：宝贝儿，玩去吧。唉，这又能怨谁呢？他们是工头儿的老婆和工头儿的孙子，不是劳动人民，把钱交到他们手里……现在我还差两毛四分钱。

下晚时分，街道代表来了，敲着铜盆："按既定方针办"啊；不信谣，不传谣啊；"坚持阶级斗争为纲"啊；基干民兵都出来上岗啦；"坚持无产阶级专政下的继续革命"啊；严防阶级敌人搞破坏啊……当晚，各个胡同口都被臂缠红袖标的老太太封锁了，去公共厕所也有人盘查。

11日，大人上班，孩子上学。老师今天没心思讲课，也不管课堂纪律。我疯玩了半天就回家了，正赶上民警押着郑爷爷往外走，说是阶级敌人贼心不死，妖言惑众，是可忍孰不可忍，便用吉普车拉着一溜烟儿去了。郑爷爷给我讲的故事最多，我实在想不出哪一段够得上阶级敌人的罪过。我心里难过，却又无人可说。当晚，再没有男人们在街上"密谋"了，连串门的人都没有，各自在家守着收音机，但广播的都是五天前的内容。

12日，一天白过，一分没挣，买字典还差两毛四分钱。

13日，采购员韩大爷回来了，坐在聋师傅修鞋棚底下，拿包阿尔巴尼亚香烟四处撒，压低着嗓门儿，给慢慢凑上来的邻居讲上海见闻，眉飞色舞，口若天河之倒悬：咱们都听错啦，这回唱的是《监酒令》，不是《二进宫》……那四个人下落不明，上海革委会要干……真出大事了，听北京采购员说的。这次大人们没赶我走，任我听个够。他们说的这些戏曲故事郑爷爷跟我讲过，《监酒令》是吕后败亡，《二进宫》是李艳妃改了主意保住大明朝江山不变色。有人把郑爷爷被抓的事跟韩大爷说了，他立刻脸色焦黄，仓皇回家。

派出所民警通知郑爷爷家人，让他们早些预备东西，明天听通知。郑家人哭作一团，向街坊四邻借布票买白布，手巧的妇女被请去赶制寿衣。我帮着用黄纸折元宝，心里在哭。要不是郑爷爷给我讲了那么多戏曲故事，我也理解不了这些天听到的事情。我理解了吗？不是都《监酒令》了吗？用《水浒传》里的话说，此刻应该是“梁山泊英雄排座次”，“聚义厅”改换“忠义堂”，皆大欢喜的时候，干什么跟个说评书的老头儿过不去？我有点怀疑，韩大爷从上海带回来的消息未必真实。这两天一忙乱，没顾得上挣钱，明天就是我的生日，与《新华字典》还有两毛四分钱的距离。

14日，出大事了，老师们正在操场上安装大喇叭。这阵势我见过，那是伟大领袖他老人家逝世那天的事。所有同学在操场上排好队，喇叭里传出来的声音很大，不是上次那种缓慢沉重，仿佛铅球落地的音调，而是“鞭敲金镫响”的高亢：10月6日……一举粉碎江青反革命集团。我恍然大悟，这几天云里雾里的流言终于现出真相，借用郑爷爷的口吻来说，这是正宫娘娘不智，只想着“手中缺少杀人的刀”，没学李艳妃顺坡下驴。但在《二进宫》这出戏上，我跟郑爷爷的看法不同，反倒觉得李艳妃是绝顶聪明的女人。叔叔篡夺侄子的皇位，那是他们大明朝的家风，李艳妃怀抱小皇帝，装模作样地要把皇位让给她父亲国丈爷，硬生生将一群看风使舵的“权臣”逼成了保国的“忠臣”，损失的只是国丈爷的名声，保住的却是她儿子的皇位和她这垂帘的太后。当初郑爷爷听了我的高见，却说我这是奸臣思想，鬼子来了肯定当汉奸。

听完广播，同学们一哄而散。我回家的路上，有人在放鞭炮。大人们都挤在胡同里高谈阔论，孩子们疯玩疯闹没人管。郑爷爷已经被放回家，正闹着要“出活殡”，说是大难不死，国出明君，借着现成的装裹、纸钱，他一定得热闹出点动静来。父亲回来了，手上托着好大一块五花肉，怕是得有半斤多。他塞给我五毛钱，让我去买二斤切面，一挂鞭炮。每逢喜事，吃喜面，放鞭炮，这是本地传统。一斤切面一毛三，二斤两毛六，还剩下两毛四分钱买鞭炮。我心中打着算盘，鞭炮一放灰飞烟灭，既不当吃也不当喝，听听别人家放鞭炮的声音，照样能愉悦心情，表达快乐。于是我有违父命，买回来二斤切面和一本《新华字典》。我出生十五年来，既有长寿面可吃，又有贵重礼物可收的生日，这是第一次，算是托了“国家大事”之福，梦想得以实现。

喜宴

1

二妹姐结婚那天闹了场糟心的事,连累我结结实实地挨了一天饿。

当时我只有十二岁,过得倒也快活,美中不足的,是没吃过炖肉,连炖猪尾巴也只吃过一回,滋味到底是怎么个美妙,只有大肠还记得。于是我常常盼望着邻居中有人结婚,好得机会干一件最令人兴奋,以至于三十年后仍叫我馋涎满口的美事——吃折箩。

倒霉透顶的是,年轻人都上山下乡去了,我们这条胡同已经三年没办过喜事。所以,二妹姐从内蒙古选调归来,给整条街的人们都带来了意外的喜气,连淘公厕的工人也常问:二妹快办事了吧?尽管他是没有折箩可吃的。

然而,对于吃折箩,我却有一整套办法。

我们这个地方,喜宴都是在家里办,胡同中搭起大棚,巨大的火炉高及我的胸口,火苗一蹿二尺高,煎炒烹炸弄出种种让我由爱生恨的味道。婚事的主人家四处借用邻居的房间摆酒席,亲朋好友面带菜色而来,油光满面而去,很有两天热闹。

酒席上的剩菜都倒在一只大瓦盆里，姜黄色的鸡爪、酱红色的鱼头,还有用碎松蘑、猪肉馅和干馒头做的四喜丸子,但最多的还是菜底——把菜叶垫在荤菜下边充体面,却吸饱了油脂。这些东西极容易腐败,又无处存放,事后主人除去留下一些自己食用,多余的便送给邻居,嘴上必定要说:没嘛好东西,没嘛好东西。然而,油乎乎的菜底上总还是有个鸡头、鱼尾的。

但这叫“分折箩”,跟“吃折箩”是两码事。“分折箩”是交情,“吃折箩”是技巧,绝顶高妙的技巧,笨人学不会。

二妹姐最疼我,我也最喜欢她,她去下乡我很伤心,以为这辈子也吃不上她的折箩了。这次回来,她送给我一把木头雕刻的饭勺,柄上有精美的花纹,说你用它可以大吃特吃。我拿去问最有学问的陈老太爷,他说这不是地方特产,而完全是个人的创造,做这东西的人长了双巧手。我胡乱盼望这个长着巧手的人娶了二妹姐,还得快些,我已经馋得挺不住喽。

那天下午格外地热,正是大睡午觉的好时候,我却撞见了二妹姐,还有个男人。他们两人站在煤场后边说话,二妹姐幽幽地哭。我冲上去大喝一声:“哪来的‘溜子’？敢‘拍’我姐姐。”

二妹姐立时没了泪儿,一手拉住我的胳膊,另一只手向那男人猛摆,口中道:“大国你快走,快走哇。”

大国长得挺高，很体面个人，脸上却是大便干燥似的猴急，他说：“你给我句实在话，就一句，死我也值了。”

大老爷们儿说死说活，对不起爹娘生他这么大个。我心里有点瞧不上他。

“都这会儿了，还能说什么？”二妹姐又急又窘，脸上红得像只苹果。“你不要再来了。我妈说我要是再见你，她就死给我看。”

二妹姐的妈我尊称孙娘，是杂货铺的闺女，讲起话来一嘴食火，没个准稿子，这在胡同里早有定评，但也算不上大缺点，属于人民内部矛盾。

“你还是跟我回内蒙吧。”大国像个走投无路的英雄，好比林冲，叫我又有点可怜他。

回家的路上，二妹姐让我不要把这事讲出去。我说没问题，但她结婚那天，得给我踅摸一筷子扒肉条。新娘子那天有特权，赏我只鸡腿婆家也不好说什么，除非新郎兄弟多。这是“吃折箩”的诀窍之一。

2

我未曾想到竟然跟大国交上了朋友。说交朋友那是大话，我个小屁孩儿，跟大人说不上是朋友，但他没拿我当小孩，简直是当成了“伟大领袖”的外甥，我说一句，他能领会两句。

“你二妹姐近来还好吧？”他问，一嘴外路口音，软绵绵的不像个汉子。

问这话必是穷极无聊，我故意气他：“二妹姐日后是我媳妇，你少瞎打听。”

“我不该让她回来，结果是害了她。”他蹲在煤堆上，脑袋垂到裤裆里。

我明白了，眼前这人必定是个软蛋，至少也是个慢性子，但这路人大多性情宽厚，他若是当新郎，我也许能上桌边蹭两口炒菜。于是我说你跟她结婚不就完了？

“她妈说，老天开眼，才让她跟闺女活着见面，哪能再回那狗也不撒尿的地方？”他学说本地口音，倒像那么回事。

带着她跑哇！我张嘴就来，但立刻又恨不得抽自己个嘴巴，怎么出这馊主意？他们跑了，我的折箩找谁去？

大国没言语，脑袋像是长在裤裆里，让我看着生气，我便说可以替他送个字条。他给我买了根红小豆冰棍儿，我看着他在烟盒上写情书，头两句是“东风吹，战鼓擂，现在世界上究竟谁怕谁……”

二妹姐正在缝一件新衣服，见信又往下掉泪，小珠子似的一串串。她说娘看得紧，这会儿出不去，等下晚借着上厕所的机会，也许能跟他见一面。

于是，大国一个人在煤堆上蹲了一下午，顶着太阳。

邻近那条街上有家人结婚，我过去打听谁是新郎的兄弟。这是吃折箩的第二个诀窍。

这家不像个阔人儿，可亲戚朋友不少，吃的是流水席，倒出来的折箩多半是菜汤子。新郎的兄弟尖嘴猴腮的挺机灵，娘家人的酒席刚散，他的那几个玻璃球就被我赢了过来，放在手中拨弄得叮当作响。

“你先借我俩，咱们接着玩？”他跟我商量。

这才叫屁话，我是干吗来的？我宽容大度地等着他想别的主意，鼻子已经飞到了酒席上。

结果大都是一个样，他拿自己的晚饭换回输掉的宝贝。小孩子不上席，这天晚上家长多半会给他一大碗白米饭，上边高高地堆满折箩，端着跑出来，连吃外带穷显摆。

可今天这碗饭不怎么样，浇的净是菜汤，上边倒是顶着半个四喜丸子，也算是意外之喜吧！我刚把玻璃球还给那孩子，却望见孙娘夹着个新脸盆摇摇摆摆地来了，进门给主家道喜送贺礼，不想，她竟然被请到了席上。

我一定是疯了，要不就是犯傻，居然没伸手去接那碗半吊子美食，一蹦仨高儿地跑到了二妹姐家，嘴上大叫着你娘吃请去了，快跟我走吧，那傻老爷们儿晒了三天，大概其都成干咸鱼啦。

二妹姐脚步不快，赶不上我的飞跑，嘴上还在问，我娘真的吃请了？按说，送个脸盆当贺礼，没有上席的资格，难怪她不信。

煤堆上蹲着大国，远看像只倒扣着的煤筐，没个活气儿。

第二天见着二妹姐出来倒垃圾，把我吓了一跳，我以为她这会儿早到了内蒙古，已经吃下半盆手扒羊肉，正跟着大国冲伟大领袖的画像行礼哪。

“你没去？”我问。

二妹姐没有回答，塞给我一张小纸条，胆战心惊地四下里扫视，叫我看着心疼。

字条上写着：“‘不是东风压倒西风，就是西风压倒东风。’可我却是一股倒霉的旋风……”

我问大国他为什么不能跟二妹姐在本地结婚。他说一千个知青，就一个名额，他回不来。我问为什么回不来。

“我错了，我不应该让她回来。”他的脸上瘦出了颧骨。“可公社书记那个大流氓盯上了她，要不是我在开山放炮的时候，冒死救了他的独生子，哪会有这个名额？我把机会让给了她，这辈子也就回不来啦。一千个人哪，排在最后一个。”慢性子人讲急话，必定要急赤白脸。

我说你别回去，就赖在家里不走。

“要是我自己先回来，然后再过去跟她结婚就对了，她妈妈反而会感激我。”他在跟自己商量。

要不怎么说你傻呢？我说。但是，听了人家的身世，也就该帮着人家担些责任，这是本地最基本的道德教育。我问他有钱吗？

“有，二百块。”他拿出一沓十块一张的“大团结”。

他娘的，二百块钱能炖多大一锅肉，五花肉才七毛六一斤。这小子他老爹一定是个资本家！

3

二妹姐干净漂亮，在邻近三五条街里也是头一份的，外号大美人儿。孙娘一点不像是她的亲娘，用大人们的话说，这是个邋遢娘儿们。

“我给二妹姐介绍个对象。”我挺胸叠肚,像个小老爷儿们。

孙娘正在烫西红柿皮,一毛钱一脸盆的那种,熬成酱冬天烩土豆。她说你个小屁孩子毛还没长齐搅什么乱,老娘冒起火来燎了你的眉毛。

我抽出五张“大团结”,捻开当扇子,“看见没,这是人家给我的,婚事说成了还有。”眼见着孙娘的嘴竖了起来,鸡窝似的头发抖个不停,我又加了把火,“人家还说,先给丈母娘拿一百五,买把篦子把脑袋拾掇拾掇。”

她说你吹气冒泡不上税,偷了家里的钱,等大人回来撕你的皮。谁想,当见着我又掏出一大把钱在手里,她却一蹦三尺半,“你小子是不是叫那资本家狗崽子收买了,来给他当密探?我告诉你,别说这点子钱,就是金山银山,我闺女也不跟他。”

我说您老消消气,那小子确实不是个东西,他就这二百块,哪来的资本家?

“别跟我来这哩格隆,那小子我认得,就在煤堆上蹲着呢,你叫他趁早死了心,回内蒙啃土坷垃去吧!”孙娘原来早具慧眼,我却恼羞变成了怒,一脚踢翻烫西红柿的水盆。

这是个大错误,毁了我吃折箩的第三个诀窍——聘闺女的人家,盛折箩的瓦盆向来由丈母娘掌管。

于是,大国成了煤堆上的风景。

我堵在女公厕门口问二妹姐:“你真不要他啦?”

二妹姐犹豫,锁眉头咬嘴唇,说不出的俏皮可爱,结果她说我娘在里边蹲着这就出来，你给带个话，叫他忘了我回家前发的誓，另找别人吧。说完还要塞给我一个五分钢镚，我没接。

赶上阴雨天，快化的冰棍儿五分钱能买两根。我这辈子也没一顿吃过两根冰棍儿。

我问大国，二妹姐到底发过什么誓，让她吓成这样。他说那事不好说，你就别问了。

我还是紧盯着问："她要是跟别人结了婚，你算不算王八？"这叫一针见血，对付慢性子最管用。

王八也得婚后才有资格。我下了煤堆才听见他这句话。

"那你就来个王老虎抢亲。你爹娘怎么生你这么个窝囊废！"这个人没药可救，我是吃不上他的折箩了。

二妹姐的订婚礼在这条街上算是出尖拔份了。她老公公在铁路上开火车，挣钱多得吓人，在整条胡同里都算得上是大财主；他的独子从小就叫"老刘"，比他爹那个"老刘"叫得还早，长着一脸褶子，眼睛看不出五步远，肩膀比豆腐干宽点儿有限。老刘因为有病，没能下乡，在纸盒厂给一群老大娘当下手，到底算是工人，也往家里挣钱。

孙娘今天必定是破例洗了脸，显出几分滋润，脑袋上插支红喜字，颠颠地总像是要飞。

邻居们没有人给她道喜，煤堆上立着大国的"塑像"，早便引动了每一个家长心底最脆弱的神经——他们的儿女也还都漂泊在外。不过，刘大车家倒是贺客不少，给这边道喜是人情，不与孙娘搭话那叫公理，这地方的人们爱憎分明。

刘大车大方,胡同中有一家算一家,小盆似的大碗,一家一碗打卤面,黄花、木耳、五花肉,外带红红的粉皮、绿绿的黄瓜丝。我把喜面端给大国之前,自己先吃了一口,咬着个大料瓣。

大国像是把面条倒进了肚子里,嘴唇上粘着块红粉皮,方才显出点精神气。“给我添点汤。”他说。

我到煤场要来点开水添在碗里,先喝上一口,美!大师傅舍得放味精。

一手是大碗,一手是我总带在身边的木勺,交到大国手里。

“这是哪儿来的?”他一把抢过木勺问。我说是二妹姐给我的。

他亲了亲木勺,又给我插在腰里,说:“回家吧,往后不管出什么事,你都是我的朋友。”

我倒想让你当我姐夫。我说。

“她把我的定情之物都送给了你,那事难说了。”

我夹着大碗跳脚开骂:没囊没气的玩意儿,就算你娶了我姐也是武大郎,要是有胆子,杀七个宰八个,谁拦着你要谁的命。

这一招叫作“触及到灵魂最深处”。我不知道是我的眼睛有问题,还是大国真的会变,猛然间他的眼睛、身板,甚至头发都在变,于是我知道,眼前这人已经不是方才那人。他还是像林冲——在草料场那会儿。

一回头,我这才发现煤堆下站了一圈老爷儿们,手里都端着饭碗，里边粗细干稀全有，来给大国送饭。同情的表情都对着他，满眼的怒火，却全冲我一个人。

直到我头上挨上老爹一巴掌，也没明白我错在哪儿。

“你怎么给他喜面吃？”这是我平生第一次挨老爹的揍。不过，我坚持认为自己没有错，否则大国也不会从煤堆上下来。

4

大国被警察带走了，罪名是入室行窃。但我清楚，二妹姐也清楚，大叫抓贼的孙娘更清楚，大国到她家是“偷人”，不是偷东西。

从此有好一段时间没见着大国，让我心里空空的不得劲儿。

孙娘这一阵子挺忙，挨门挨户地解释，说是大国那孩子原本不错，谁叫他出身不好呢？爹娘的罪过带到儿子身上，业障啊。邻人们只管翻白眼，不论他们在乡下劳动的是儿子还是姑娘，都不愿意遇上这样一门子势利眼的亲戚。

我每天都去找二妹姐，看她有没有逃跑的机会。孙娘倒也没往外赶我，有时也跟我扯两句闲话，现在，我是她家唯一来串门的邻居，孙娘那张横三竖四的嘴已经闲出鸟来啦。

老刘也开始往二妹姐这儿跑，但不敢跟她讲话，便成了孙娘最好的听众。

二妹姐手巧，自己缝新衣服，一件件的涤卡、涤纶、的确良。我问她想不想跟大国结婚，她说想啊！

“可大国走失好几天了,你怎么跟他结?”二妹姐的心思让我犯迷糊。

她说他还会再来,他一定会来。

“再来你也不敢跟他去。”我说。

她把针在头发里磨了磨,说还是大国让人放心,外边那个病秧子叫人害怕。

“我去揍那个活王八一顿,打他个灵魂出窍。”大国人样子不错,却不像个能打打杀杀的主儿。

她说你别惹祸,他爹刘大车可是个恶霸,再说我还有事找你帮忙呢。

大国再次出现,倒像是下定了决心,不怕牺牲,眼睛亮亮的有几分男人样,就是讲话依旧绵软。“你能不能帮我个大忙,事情成了,我给你买个皮球。”

我说留着你的钱买棺材吧,看着自己的老婆嫁人,哪还有脸站着尿尿。我这是气他老没来看我,其实,我早看出来他不是刚见面时的那个软蛋了。

大国最初的计划太过简单,我不赞成。您想,他的意思是借辆自行车,等二妹姐上厕所的工夫,拉起她就跑,直奔火车站,然后由我在那边接下这辆自行车,再给人家还回去。

可上东北的火车夜里才从本地过,三更半夜二妹姐怎么可能出来上厕所?就算白天能出来,等车这大半天的工夫,也得让孙娘把他们抓回去。

我问他,你没朋友帮你接自行车吗?他说我就你这一个朋友。

得,这下麻烦大啦。帮着别人离家出走,这在本地是大罪过。为朋友帮忙也有个限度,首先是不能给自己惹祸。

我说我送个信什么的可以,但不能帮你接那辆车。他说你就眼看着我受罪不成?我说要想办成这事儿,你得听我的。

我的计划比他的高明。我可以想办法通知二妹姐白天出来,他们俩坐火车先奔塘沽,等到夜里从那儿也能登上去东北的火车。

“千万让她空身出来,什么也别带,免得家里人疑心。”大国唠叨得像个老娘儿们。

可是,二妹姐不同意空身出来,她说内蒙古多冷你不知道,到了那边,没衣裳挡寒还成?

到了行动那天,果然出了岔子。

许是我往二妹姐家跑得太勤,孙娘提高了警惕,二妹姐夹着大包袱还没溜出大门,就叫她娘给抓了回去。原来孙娘假装午睡,早就察觉了我们的阴谋。

大国那傻小子还在车站等着呢,这倒让我着了急。罢了罢了,帮人帮到底,送佛送上天,我也顾不得二妹姐一丢,孙娘会到我家大闹的危险,决定走一步险棋。

朋友嘛,为朋友帮忙把自己掉沟里是常有的事,谁叫你摊上个倒霉的朋友呢。

去东北的火车夜里 12 点停在东车站, 这我找刘大车打听得清清楚楚。10 点刚过,我弄了张梯子靠在二妹姐家的院墙上,好似敌后武工队。

都是那大包袱惹的祸。二妹姐脚笨，爬墙头哆哆嗦嗦，包袱皮挂住了梯子腿，她人刚上墙头，脚下蹬着的水桶便翻倒在地，声音大得像放枪。

我说快跑。梯子是顾不上了，二妹姐骑上我偷出来的破自行车，我抱着包袱坐在后衣架上，思量着回去怎么搪这场祸事——靠在墙上的梯子是我家的，破自行车是我老爹的。

后边孙娘的大喊大叫，听起来像个遥远的故事。

5

女人的心思谁也摸不透，我真的猜不出来，二妹姐到底为什么没跟大国走。

大国的脖子伸得老长，还在那等，这小子有耐性。两人一见面，各自抖着手哆嗦半天，这才互相搀扶着往车站里走，把我这个救命大恩人给忘在脑袋后边去了。常言道：大公鸡，尾巴长，娶了媳妇忘了娘。娘都能忘，何况朋友！

车站的大钟指向十一点三刻，检票的铃声响了，却没开门，广播说火车晚点 19 分钟。

二妹姐把大包袱紧紧地压在肚子上，肩膀耸到了耳边。大国多事，伸手往挎包里乱摸，说："你吃块奶豆腐吧，我从内蒙背回来，专门是为你。"

我眼睁睁地看着，见二妹姐刚刚咬下一小口，整个人立时走了样，脖子一点点地从肩膀中伸出来，长得叫我怕它断掉；眼神聚拢在一处，一寸寸地往回收，直到凝成两块石头；嘴巴半张着，一小块白色的奶豆腐随着涎水滑落到唇外。

那是一声叫人肝肠寸断的呼号，时至今日我仍能清楚地听到二妹姐的那一声叫喊。她疯了一般冲出车站，人便不见了，只留下那只大包袱。这还是我该受的罪，得给她送回去，同时准备挨上一顿臭骂。

我捡起落在地上的奶豆腐，咬一口，酸溜溜的，不难吃啊！

大国又成了煤堆上的风景，但是这一次，人们不再同情他了。不能把自己的女人带走，这种人不值得同情。

我却同情二妹姐。

当我抱着那只大包袱走近她的家门，听见孙娘说，孩儿啊，娘疼你，你要是实在不愿意，娘也依了你，想跟那小子结婚就结吧，可你就是别把娘一个人撇下不管哪。

二妹姐下边的话是一个字一个字讲出来的，清楚得吓人："我不能回那个地方去，绝不……"

后边的话没听见，我的耳朵被老爹揪住，一路拉回家去了。

老刘也蹲到了煤堆上，手里端着碗炖肉，五花三层，看着馋人。大国的脑袋顶着天，腰板直直的，不看对方。

老刘说您就饶了我吧，饶了二妹姐吧，我打穿开裆裤那会儿就看上她啦，要不是老天有眼，街上再没有一个岁数相当的男人，她也不会嫁给我呀！

大国阴沉着脸。

老刘又说二妹姐是个娇贵人儿，跟你到大草原上吃不了那个苦，我虽然没能耐，可好歹是个城市户口，有工资，再说还有我爹本事大，她可是进门就当家呀！

他接着说，我知道您大人大量，高高手，过两天让我们夫妻成了亲，将来孩子认您个干爹，我爹说了，日后您结婚，不拘多少，屋里的家具、铺陈都归他给办。

那碗炖肉留在了煤堆上。大国又收缩成一团，像只干皱的萝卜。

我上去一脚把肉碗踢翻，大喝一声："跟我走。"

我老爹说得对，这小伙子的火气都在心里，必定活活憋屈死自己。我可不想大国死，虽说我有一点点看不起他，可娶不上老婆也罪不至死啊。

我们这条街的另一头是个铁路道口，去东北的火车就从这条线上过。我领大国站在铁道边，喊道："你要是这么没骨气，自己找辆车，一头撞上去，那该多省心！"

大国没言语，只是呆望着闪亮的铁轨和一列列开过去的火车。地皮被火车震得直抖，因为离得太近，还真像是车轮在朝你招手，让你不知不觉地往前迈步。

我退后一步，大国没退。也不知过了多久，天已经黑了，不知道他在想什么。

奶奶的，这小子要是真想不开，我就又把事做错了。

终于，大国转过身来说："我不能死在这儿。"

我说你还想死在天安门城楼子上去？

我这个贫嘴呱舌早晚得惹大祸。

6

“财主”家的婚礼毕竟不同，巨大的帆布棚提前三天便搭起来，四只洗衣盆粗的煤炉，两只上边是高耸如山的笼屉，另两只是烧硬煤的炒锅；一群活鸡被四只一把捆住了脚，堆成小山；尺半长的活鲤鱼养在大木盆中，噼噼啪啪地甩尾巴；专门请来的剔肉师傅，光膀子套件胶皮围裙，正跟成扇的猪羊玩儿命。

今天早饭我就没吃，午饭刘大车家送来喜面，我又推说肚子疼，也没吃。晚上有肥鸡大鸭子的折箩，何必再吃这些东西？

这绝不是我对二妹姐和大国不义气，吃折箩凭的是本事，哪家都一样，与朋友义气不相干。

刘大车家出来进去的是一水儿的大小伙子，一个个大脑袋、粗胳膊，脖子黑得赛车轴，官称叫“司炉”。胡同中所有人都知道，明里这是刘大车请来的帮厨，实际上是保镖，防止结婚那天大国来闹事。

知青的婚礼，有人闹事司空平常。听说前街上有家娶了个回城的姑娘，来闹事的居然有三拨儿，还有人抬了花圈来，说这是那姑娘回城前发的毒誓。结果是一场恶斗，伤人不少。

二妹姐安静地盘腿坐在床上，穿一身浅灰色的涤纶裤褂。孙娘指挥着亲戚中的女人们忙得手脚不拾闲，便没留意到我溜了进来。

二妹姐的眼珠突然转到我脸上，小钉子似的盯住，问我大国来了没有？

我说那浑蛋想寻死，怕这会儿尸首都凉了。

他要是真来，你千万拦住他，二妹姐说。她心惊肉跳的样子，仍打动不了我的铁石心肠，尽管我同情她，但我不赞成她的决定。

我说那是他自己的事，老婆丢了再不来找，那他肯定比我还浑蛋。

二妹姐说你是个好孩子，请你帮帮我，帮帮我，我必须留在这里，留在城市里。

“我说大草原是好地方，广阔天地大有作为。”对没见过的东西竟然如此坚定地赞美，我怀疑我的脑袋坏了。

“不，”二妹姐尖叫起来。“让我回到那个地方，不可能。”

“你小子又来使坏不成？”孙娘比老爹手狠，我的耳朵仿佛已离我而去。

临出门，我瞥见二妹姐的脸色又恢复了平静，只是目光闪烁不定，让我看着不安心。

去年后街上有家结婚，第二天一看，小两口双双服毒自尽。原来两人各有相好，而这桩亲事完全是双方父母操办。两人软弱，竟然选择了死。可就在他们结婚那天，新郎还给了我一只大鱼头，他是个老实体面的小伙儿。

不好，二妹姐会不会……

这一吓，我的肚子里也就不饿了。

下晚的时候，大国果然来了。他穿一身浅灰色细毛料制服，显得很英俊，只是，他手中提着两只方方正正的红包袱，让我不解。这小子莫非来送喜礼不成？那他可就连个王八也不如了，我想。

七八个司炉兼帮厨，十几条粗胳膊，拦住了大国的去路。大国把包袱放在肉案子上，大师傅手快，抄走了案子上的砍刀。

“请你们把二妹叫出来。”大国的声音绵软却坚定。

这句话如同砖头丢进了蛤蟆坑，众人七嘴八舌，吵成一片。

大国打开包袱，里边是两只雕花的骨灰盒。

混账王八蛋，老虎屁股也敢摸……一阵乱骂，一阵雨点般的拳脚，大国那身细毛料变成了麻袋片。刘大车踱过来，手里举着厚厚一沓“大团结”，他说小伙子你大好前程，干吗自寻死路？你四下里扫听扫听，敢招惹你大爷我的，没剩下一个囫囵人儿。你小子重情义，我高看你一眼，拿上这钱，另寻门亲事吧。

老刘躲在他爹门板样的肩膀后，偷眼往大国脸上看，而他自己的脸，竟愁成了个麻核桃的样儿。

“请你们把她叫出来，我有话说。”

唉！刘大车一声感叹，好言难劝该死的鬼呀！

又是一顿臭揍，我倒觉得大国这小子像是越揍越精神。等众人停下拳脚，他这才慢条斯理地解开上衣，露出腰上插着的七八根雷管。

众人嗷地一声四下里蹦出去，再回头方才发现，老刘的小细脖攥在了大国的手里。他说请你们把二妹请出来吧，有些话非得她自己说才成。

双方僵持的时间够长了，仍没见二妹姐出来。我觉得，孙娘不让她出来大有道理，娘疼闺女是常情。只是，围观的众人里却没有人肯出面说和，这让我不满。

我刚要挺身而出，刘大车说话了，脸上的笑纹硬如刀刻："这位兄弟，我刘大车一辈子刚强，走南闯北的，见人不少，还真没见过你这么不要命的。"

大国把雷管的拉线系在老刘的脖子上。

刘大车接着说："你现在告诉我，怎么着你才能放了我儿子？"

大国说："我要见二妹。"

刘大车摇头："我要是让儿媳妇跟你见了面，我们父子怕是没脸再见人了。"

老刘的脚下湿成一片，干咧着嘴，却没有声音。

刘大车说得对，他若是把儿媳妇叫出来，替他们父子挡了祸事，不管结果如何，他们除去找房搬家，再没有别的出路。到那时候，不单单是邻居们会瞧不起他们爷俩儿，怕是他的那几个徒弟也会把这事传遍全市，在本地给他们剩下的，大约是连野狗也不如的余生。

猛地，刘大车双膝一弯，跪倒在地，从身上掏出成堆的钱，又把手表脱下来放到钱上，口中叫道："老弟，你是条汉子，放了我儿子，怎么都好说。"

就在这时，老刘突然大叫起来："爹呀，让二妹跟他去吧，我不结婚了，不结了。"

刘大车的眼泪一下子冲了出来，随后我的眼睛也模糊了。我相信，所有在场的人都泪眼汪汪的。

就在这蒙眬之中，一个人影走了出来，是二妹姐。

大国狂叫一声："二妹你快跑，快跑呀！"

二妹姐把两只骨灰盒重新包好，顶上的结打得整齐漂亮。她转身对大国说："我自己发过的誓，绝不会不认账。'生不同床，死便同穴'，这个誓言我不会赖账。现在，我跟你一起死，但你先放了我的丈夫。"

整条胡同里没有一丝声音，只从远处传来一声火车过道口的长鸣。

二妹姐手上拿着一只小剪刀，剪断了系在老刘脖子上的拉线，说："让大家退开些，我替你拉雷管。"

众人七嘴八舌地劝，却都退出去老远。刘大车一手牵着儿子，冲着大国直摇头，却是一脸的赞叹。我可不想让他们就这么死了，慌乱中抄起一桶刷锅水就往上冲。不知哪位高邻疼我，伸腿一绊，让我跌落了一颗门牙，没冲上去。

大国不过是个假英雄！

当他突然间蹲在地上，抱头痛哭的时候，我的心里像有什么东西"砰"的一声，跌作无数碎片。

二妹姐说："你若不想我死，那我收下你的贺礼。可今天来的都是亲戚，我就不请你喝喜酒了。"她提着两只骨灰盒，回新房去了，脸上平静得只剩下泪水。

没能吃上二妹姐的折箩，对我倒没什么，挨顿饿罢了，也不是头一回。但是，我始终不明白，女人为什么如此善变，又为什么如此的心狠?

六个月后,二妹姐生下一个男孩。满月时,胡同中的女人们照例送去些小衣服什么的,都挤在房里,没口子夸赞婴儿,说些孩子大便什么颜色,上了户口没,哎呀,简直就是他爸爸一个模子里刻出来的等等扯淡的话。

我也挤了进去。见二妹姐胖了许多,倚在枕头上,怀抱婴儿,脸上放光。我眼尖,望见婴儿的被子里,露出户口册子的一角。

她的儿子终于有了城市户口。我用手指在户口册子上弹出一个响,问这孩子叫什么名?

"刘卫国。"二妹姐不看我。

他妈的大国的名字好像也叫个什么卫国,这真是混账!

我说嫁那么个病秧子值吗?她依然不看我,也不讲话,只是搂紧了怀中的婴儿,像是害怕被我抢去。

刘大车父子俩守在床边,笑容让老刘的模样变得不那么难看了。我凑到他跟前大声说:"这孩子白白胖胖的,一点也不像你呀!"

我是个坏小孩,实在忍不住要往外泼洒心底的毒汁,即使为此挨刘大车一顿"胖揍",我也仍然忍不住这恶意。

就在二妹姐结婚的那天夜里,铁路道口上有一个男人卧轨,撞的就是去东北的那趟火车。我没有去看,不管那人是不是大国,已经无关紧要,他不过是个一时胀大的"尿脬",一旦吹破,便什么都不是了。

老谣

2005年暑假，老谣开着他的老旧别克车来接我，说是去参加一场横跨加拿大的双人汽车拉力赛。我知道，他必定是没找到合适的伴侣，所以才会硬拉着我这个前女友来凑数。

这场比赛是从东海岸的魁北克到西海岸的鲁珀特王子港，参赛者只能携带830加元路费，到达目的地后将由花钱最少的组合获胜，因为这次大赛的口号是"节约就是力量"，毕竟世界油价已经涨到了70美元一桶。比赛那天我们走的是不花钱的州际公路，一路向西景色很美，枫树林的香气从车窗中穿过，让我回想起恋爱的滋味。但我不会再与老谣恋爱，因为他太馋，太爱花钱，没有好东西吃一天也活不下去。况且，这次比赛规定必须要走3天，一千多英里路，仅汽油费就得800加元，再加上3天的吃住，我不相信他能赢。上路后，其他选手的汽车都风一般地从我们身侧飞过，满眼全是接吻的风景，不用看我便能猜到，这些恋人们的车厢里必定会带着钓鱼竿、烧烤炉、野营卧具，甚至有的汽车顶上还系着充气船或自行车。我问老谣带了多少食品。他拿出仅有的两瓶水分给我一瓶，说比赛要公平，带了食品便如同服用兴奋剂。我说仅有的30加元生活费还不够你平常去一趟餐馆。他却笑得坏模坏样，没有回应我的话。

我们的车开得不快，到了下午，所有参赛的汽车都已经超过了我们，而我的肚子也饿了起来，许是因为知道未来3天的饭钱不足，所以胃中越发撕扯得难受。老谣说今天开得够慢，至少会省3升油，等一会儿我们好好吃一顿。我说你别做梦了，别人都是新车更省油，你不可能赢的。他却依旧是笑，坏模坏样。我猜想，他一定又在打什么古怪主意。

果然，傍晚我们来到了尼皮贡湖边的小城阿姆斯特朗，这里是法语区。老谣沿着湖边找到了一家生意兴隆的餐馆，硬将我拉进了酒吧间，里边有许多人挤在一起等餐桌。我当时很生气，恨他没有体育精神，因为这一顿饭吃完，我们必定连汽油费也不够了。老谣却突然用法语高声对我说，我给你出一道智力测验题，然后向我挤了挤眼。这是个熟悉的表情，我知道他又要搞恶作剧了。只听他说道，有一辆普通的小汽车，以40英里的时速向左急转弯时，你知道汽车的哪一只轮胎不转？我当即白了他一眼，没有言语，因为在中国这是个连小学生都知道答案的脑筋急转弯题目。不想，他的话却将周围等餐桌的客人们吸引了过来，直眉瞪眼地朝他看。这时老谣故作吃惊地问，你们也有兴趣吗？众人点头。他便又将那个题目复述了一遍，说你们当中只有两个人有机会回答，答对了我请他吃晚餐。众人瞪着各种颜色的眼睛问答错了呢？答错了你们请我们两个人吃晚餐。然后他似是无意地从众人中挑出两个人来说你们每人有3次机会，于是，那二人便埋头苦想。这时我却发现没有被选中的人们居然露出满脸遗憾，唉，因为失去被骗的机会而遗憾，这就是北美人！被选中的红胡子大汉先有了答案，当然不对；另一个是本地的警察局局长，一双眼睛能杀人，但也没有答对。我知道，这些人越是自以为了解汽车，他们越是不可能得出正确结论。

过了一会儿，警察局局长率先离开酒吧，红胡子大汉也跟了出去，停车场上立刻传来阵阵刺耳的刹车声，那两个人一定是正在从实践中找寻答案。我对老谣说你等着吧，今晚我们倒是不用花钱住店了，警察局里住宿不要钱。他却笑道，相识这么多年，你还是不了解我。最后，那两个人当然输了。老谣说我可以告诉你们答案，但你们不能再转告任何人。红胡子大汉却把脑袋摇得像个拨浪鼓，说我得用这个题目回家去考我太太。警察局局长也说我儿子一定想知道这个有趣的故事。无奈，老谣拉着他们避开众人，三只脑袋顶在一起，轻声讲了一句话。我看到那二人听罢呆愣了足足有十几秒钟的时间，然后突然相互捶打着肩头爆发出一阵疯狂的大笑。我知道答案确实有这种喜剧效果，是“汽车的后备轮胎不转”，所以这些爱车的人才会有这么强烈的反应。这就是老谣毕生都在追求的那种操纵别人的效果，所以我一点也高兴不起来。也正是因为老谣平日的一点儿正经也没有，一年前我才会选择离开他。当然了，事情的结果自然是老谣带着我坐在湖边，望着加拿大迷人的夕阳，品尝美味的加利福尼亚红葡萄酒和新鲜的腌鲑鱼。为此,他很得意,我很生气。

后边的故事就简单了,在这3天的旅程中,不论吃住,老谣只用这一个题目便全部解决了。我对他讲,北美人对骗子的惩罚可是很严厉的。他却笑道,我不是在骗人,我只是在给他们提供付费娱乐。当我们最后一次给汽车加油并破例买了一条口香糖嚼起来的时候,距离终点只有一百多英里的路程了,而我们的旅费居然还余下103元38分。老谣说我们必胜无疑了。我却说骗子不会有好结果。果然,汽车刚刚驶进鲁珀特王子港,一辆向左急转弯的大型越野车突然出现在我们面前,老谣躲闪不及,一头撞在对方的侧面,自己的汽车也熄了火。老谣下车便问,小伙子,你知道汽车向左急转弯的时候……不想,开车的那个头发染得如同火烈鸟的年轻人一把抓住了老谣的衣襟,大叫道:原来你就是那个中国人,就是他!这时越野车上又冲下来一伙年轻人,都是浑身刺青的怪模样,将老谣团团围住。我急忙上前劝阻,害怕他们伤到老谣,老谣却示意我回到车上。只见他转过身去,对众人笑道:不错,我就是那个中国人。于是众人大叫道:快告诉我们,到底是哪个轮胎不转?

这场比赛我们当然没能获胜。虽然修车工只收了零件的成本而未收人工费,但让老谣的破车重新开动起来还是花掉了100加元。唉,这就是老谣,你能把他怎么办?所以直到今天我还没决定是否要嫁给他,因为我总也猜不透这个家伙的脑袋里正在转什么荒唐主意。

长征食谱

不论团长对我讲道理还是发火下命令，我私下里仍然坚信——抡炒勺的厨师永远也成不了英雄。

刚刚进入草地没多久，团长又把我从战斗员改为炊事员，为此我后悔参加工农红军时说了实话。如果当初我不说自己是厨师的助手，而说是机关枪手的助手，去年在湘江我就有机会顶替牺牲的机关枪手，说不定今天早已经当上了英雄。然而，团长的命令必须得服从，这是纪律，不能违抗，尽管他只比我大一岁。

我将那口熟悉的紫铜大锅重新捆扎整齐，又向沉没在泥潭中的前任炊事员行了个军礼，这才踢着脚下的黑水和乱草上路了——今天是我十八岁的生日，心情很糟糕。

白天已经下过两场大雨和一场雨夹雪，到傍晚宿营的时候，原本混沌的天空又凝结成一团团翻滚不停的黑云，像一群凶猛的食肉动物在天上追踪着我们。先头部队为我们在宿营地插了块木牌，说明草地里的黑水有毒，不能饮用。我和老吕两个人抬着铜锅去寻找有水流的地方，路很远，很难走，但也让我有机会采了半锅鸭舌草和扫帚菜的嫩芽。老吕说要是有芝麻酱拌一拌，这东西必定好吃。

老吕虽是指挥员，却喜欢帮我干活，只是他饿得太快，吃得也多，以至于让人怀疑他贪吃得有些自私。但是我知道他一定是病了，而且很可能是那种难缠的消渴症。我们现在连盐都没有，不可能有药给他治病，于是我随手摘了一把变老发黄的大巢菜掖在腰里，打算先给他消了身上的浮肿再说。

天很快就黑了下来，剃刀般锋利的冷风在草尖上飞驰，形如猛兽的乌云紧逼到我们的额头上，深约半尺的毒水也攒起钢针在我们的脚踝上雕刻——大军宿营了。

战士们三五成群聚到一处，背靠着背，将步枪横在大腿和小腹之间，双手抱住小腿，屁股浸在毒水中，下巴放在膝盖上，或是吃干粮，或是打瞌睡。从远处看上去，他们很像是一大群迁徙途中的动物，饥饿，劳累，但目标明确，意志坚定。

我发现队伍中没有人生火。在这片被毒水浸透泡软的草地上，即使是干柴也很难点燃，战士们吃炒青稞的吃出一嘴黑胡子，吃炒面的吃出一嘴白胡子，连口热水也没有。

我找到了一块高出水面的草墩，支好木棍，吊起紫铜大锅，再将紫铜锅盖垫在汪着水的草根上，解下随身携带的干树枝，在锅盖上生起火来。周围的战士们为我的机智鼓掌，每个人都往锅里添一捧青稞麦或青稞面，往锅下添一两根依照命令带进草地的干柴。然后大家脸朝外围成一圈蹲下来，为那一小堆半明半灭的篝火挡风，同时也可以让湿透了的脊背感受到几分热气。

老吕突然望了望天说:这会儿可千万别下雨。周围的战士闻听此言齐声叫道:大胆!

红军战士不迷信，但老吕预言灾祸的本领实在太高了，大家不得不小心提防他的口无遮拦。果然,天上的猛兽被老吕惊动了,不仅倒下大片雨水,还吐出无数核桃大小的冰雹。但战士们并没有慌张,他们整齐地掉转身子,摘下斗笠,解开油布,给这一小堆篝火搭起了帐篷。我也脱下身上的羊毛袍子紧紧盖住铜锅,然后与大家一起静静地等待锅中响起悦耳的水声。

木柴太少,水最终也没能烧开,但雨却停了。这时,后边的队伍也赶到了宿营地,所有人都羡慕地望着我们这口冒着热气的大锅,口中不住地赞道:看看人家的本事！于是我心中的委屈减轻了许多。

我把第一勺菜粥打给老吕,最后也是最稠的一勺当然是我的,但我也给了他。他是生病的战斗员,我是炊事员,在红军中只有这么一点差别。

为大家分食的时候，我好心地拦住了一位牵毛驴的老者,赠给他稀粥一杯。我虽然从未见过他,但我听说过他那条用破军旗改制的红裤子，也听说过他的这头著名的小毛驴。老者向我连声道谢,喝粥的声音赛过雷鸣,然后他从自己的干粮袋里抖出一截青稞面撒在锅中,笑着说,老夫今晚可谓施施然鼓腹而游了。

这老爷子,有驴不骑,好骨气！好英雄！老吕在一边感叹,并且小心地选择没有害处的词句，免得因为出言不逊而挨了战友的拳头。

像这位老者一样，在我们的队伍中流传着许多受人尊敬的名字。几个月前，在泸定桥爬铁索的战士们中间，活下来的18个人我一个也不认得，但死去的4位战友的名字我们却知道得清清楚楚；还有一位妇女，据说参加红军时大字不识一个，但在金沙江边，我亲眼见到她蹲在地上草拟各部队分批渡江的命令，已经成为一名干练而有文化的指挥员了；再有就是像方才那位掉光了牙齿的老者，他只要坚持活下去，这件事本身就是英雄业绩……

他们都是英雄，他们的名字像古代英雄的名字一样被人传说，然而，我却没有机会成为英雄，身边这口该死的大铜锅就是我成为英雄的最大障碍。

八年前我刚刚拜师学艺的时候，我师傅常常对我说：好好忍着吧小子，厨子的本事都在锅里，只要离开灶台你就连狗屁也不是。我不相信他这话，参加红军之后便想离开我师傅，离开这口大铜锅，但一直没能找到机会。大队红军离开江西进入湖南，越往西走口味越辣，很快便传出"不吃辣椒不革命"的口号。随着补充的湖南战士越来越多，大家越发强烈地要求吃辣。这让我那位在京津两地大名鼎鼎的药膳师傅很是不满，便总是把烧辣椒的活儿派给我，还不住地在团长面前夸赞我多么积极能干，多么不怕苦不怕累，生怕我丢下炒勺拿起枪，留下他一个人去对付那些"能毒死活人的"湖南辣椒。

说实话，我从来也没喜欢过我师傅。他带着我跟随一位国民党的师长从北京来到福建，他拿很大的工钱，而我却只管剩饭。被俘后我参加了红军，他拿了回家的路费却没走，说要报答红军的不杀之恩，硬是把自己算作雇来的伕子，每天拿两角大洋的工钱给我们团烧饭，而且仍然算作是我的师傅。从江西出发以后，红军给雇来的挑工每天半块大洋，我师傅便也跟着涨了工钱。

我知道他为什么不肯回家，那是因为他得罪了一个青帮头子，回去只有死路一条，这才撒谎留下来。我把这个情况汇报给团长，团长却只是笑了笑，说过个一年半载他就会变好的，你根本就不用心急。

我不信他会变好，至少到了遵义之后他还是老样子。因为正赶上春节，而且这是红军离开江西之后的第一次休整，上级便给每个战士发了一套新军装，还发了好几块大洋，让大家给自己添置日用品。当时红军没收了军阀王家烈的盐行，把盐免费分发给贫苦百姓，也卖给红军战士，一元大洋可买七斤白盐，便宜得很。战士们买了盐之后除去留下自己路上用，还可以当钱花。

但是我师傅没有买盐，他买了更值钱却被红军明令禁止的东西——鸦片烟。这里的烟土很便宜，后来到了云南更便宜，一元大洋就可以买半斤最好的“云土”，只要能运出云贵两省，这些烟土就会非常值钱。刚刚渡过金沙江进入四川，我们在路边小店的门板上就看到了收购烟土的牌子，上边写着“上等云土，每斤大洋十二元”。当然了，我师傅贩烟发财的美梦最终也没能实现，在龙街渡口过江的时候，团长在船上很客气地跟我师傅商量。我没听到他们谈的是什么，但我师傅最终还是将他私藏在行李中的两颗柚子大小的“云土”抛入江中。过江后我师傅因为破财而心痛，却又不敢向团长发作，便狠命地拿《汤头歌诀》来为难我。好在这是学习药膳的基本功，从学徒开始我就背诵这些东西，根本就没当回事。他见一点儿也难不住我，便越发地生起闷气来。

想到《汤头歌诀》，我便又想到老吕。吃过那两勺菜粥之后，老吕蹲在锅边睡了。他的病很严重，身上浮肿得厉害，面皮光亮，在额头上一按就会陷下去枣大的坑，这是消渴症加上营养不良造成的。消渴症多食易饥，营养不良更要多吃好东西，但是我没有吃食给他。

再摸摸身上，我摸到了我的宝库——一只铁皮的白金龙香烟罐，里边有大约半两白盐、四五粒冰糖、两根人参须子、三只辣椒、一小片燧石和小半瓶云南白药，这是我留给自己救命的。除了人参之外，其他东西老吕都用不上，而且我也绝不能给他吃冰糖——对于消渴症来说，糖就如同毒药。

锅盖上的那一小堆火早就熄了。我将紫铜大锅刷洗干净，又在锅盖上点起火来，然后将大巢菜折成寸段，放在搪瓷茶杯里煮，同时口中念念有词，以驱除眼皮上纠缠不去的“睡魔”。

消渴方中花粉连，藕汁地汁牛乳研；或加姜蜜为膏服……嘴里念着《汤头歌》，我的心中却想，离开遵义的时候，我哪怕买一点黄连带在身上也好。只是，老吕是在过了大雪山之后才编入我们团的，我在遵义不可能预见到会结识患消渴症的战友。在那个时候，清热利便的黄连对于营养不良的红军毫无用处，有那闲钱倒不如抢购几块冰糖带在身上，或是去吃一碗正宗川味的回锅肉来得实惠。

大巢菜这东西虽然药性不强，但医治消渴和浮肿毕竟对症。汤药煮好后，我从宝库中捏了一粒白盐放进去，这样可以给他增加些力气。我还不准备动用人参，因为在后边的日子里也许当真会有战友或是我自己需要它来“吊命”。况且，我们所有人都已经将近一个月没吃到盐了，此时此刻，一粒盐也许能救一条命，而我却刚刚为了老吕的“病”花费了“一条命”。

第二天早上老吕解了两次大便，很稀，不臭，尿得也很多，脸上的皮肤不再亮得“吹弹得破”，人也精神了，看来昨晚的汤药当真有用。

鸟都不见啦，这可不是好兆头！老吕又在预言灾祸，结果惹来大家一阵笑骂。

然而，灾祸还是被他言中了。部队开拔没走出多远，便进入了一片大水之中，水深处能没腰，浅处也足有一尺，浓密的矮草都看不见了，只余下高秆植物将尖梢向我们招摇。

又起风了。大风吹过水面，居然起了一层层的矮浪。在这里没有脚迹，也没有路标，我们只能根据惨淡的天光指引，径直向北走。走出去三十多里，水仍然很大，也看不到前边部队的踪迹，反倒是每天照例要来的雨雪冰雹没有忘记追上来折磨我们。

在这片大水中行走，累倒不怕，可怕的是我们很快就感觉饿了。战士们从干粮袋里掏粮食吃，每个人都把自己吃得不是黑胡子就是白胡子。成百上千长着黑白胡子的人马，看上去相当壮观。

有青稞面吃的战士应该会感觉好一点，反正干粮袋早就被雨水打湿了，抓出面团涂得满脸都是，吃起来倒也不困难。他们唯一需要当心的是万万不能跌跤，倘若一跤跌进毒水里，面粉被毒水浸湿，那时候丢掉可惜，吃下去却会肚子胀痛。昨天夜里有些战士中了这种毒，上吐下泻，腹痛难当，等到早上大队出发时，已经有几名中毒太深的战友因为虚脱而牺牲了。团长说，他们这是用最宝贵的生命为大家证实了毒水的可怕。

吃整粒青稞麦的战士就有些为难了，他们同样也担心干粮袋掉进毒水里以至于挨饿，但比起挨饿来，嚼碎青稞麦的痛苦或许会更大些。我每当看到他们伸直僵硬的脖子，腮骨横突，将颊上干枯的脸皮支起一个尖锐的棱角，牙齿磨得咯咯作响，却半天不见咽下去一口，便知道这位战士的青稞麦必定是被雨淋湿了。浸过水的青稞麦如同一粒粒胶皮小球，牙齿想要逮住它尚且不易，更何况要将它磨碎。如果不将它们嚼碎，整粒吞咽对战士们毫无用处，半天过后这些青稞麦又会被原模原样地屙出来，其中的养分一点也没能吸收。

如果我师傅还在，也许他会有更好的办法解决吃青稞麦的困难。若论处理食材，我师傅确实很有办法。过大凉山的时候，我师傅连同十几名伕子被不明真相的彝民掳入山中。他虽然害怕，倒是没有慌张，反而烧了口大锅，将私藏的桂皮、大料、豆蔻、砂仁拿出来，然后又是盐又是酱，给虏获他们的彝民炖了一大锅香飘数里的山猪肉。众彝民大饱口福，舍不得杀他，便将他藏在山洞中。等到红军与彝民首领歃血为盟，团长带兵前去解救他们时，彝民仍然不想放他回来，最后还是团长给彝民首领送上许多白盐，又送了两支旧步枪，这才将我师傅他们换回来。

回到军中，我师傅一见团长便跪下磕头，口口声声称团长为重生父母再造爹娘，但私下里他也很是为自己在彝民山寨中的聪明机智大吹大擂了一番。不过，从那以后他好像是能够理解红军战士的品德了，但自私自利的性情却没有改。

为了这件事，团长特地对我说：你要相信红军教育人培养人的本领，就算是你师傅这样的人，跟得我们久了，或许有一天也会变成英雄。

我师傅不像早先那么坏了这是事实，但要让我相信他会变成英雄，我确实无法想象。他是“勤行”当中坏毛病最多的掌勺厨子，即使是为主顾烧一条贵重的大鱼，他也常会从鱼嘴里伸进筷子去偷吃鱼肚子里的肉。所以说，如果他能够变成英雄，那我就一定能变成马克思列宁等老人家！不想，日后证明，我对我师傅看走了眼。

大军翻越夹金山是我们进入草地之前最艰难的考验之一，上山的路长达四五十里，而且山上每到午后必定准时刮来一场大风雪。我们从云南转入四川时是暑热的夏天，战士们早便将破烂的棉衣丢弃了，身上只有单衣。而且红军中多数都是南方人，他们的祖先向上历数几代也都未曾见过雪，所以对雪山的可怕既没有感到畏惧，也没有充分的准备。倒是当我听说大军可能会进入寒冷的康藏地区，便在解救我师傅的时候，用在遵义买的白盐和彝民们交换了一件他们自织的羊毛袍子。我是北方人，深知严寒有多么可怕，而且比南方人更怕冷。

为了对付山上的寒冷，各连队的炊事员都在山脚下烧鲜姜辣椒水给战士们喝。大家当时都很有信心，说是山上再冷，走快些身上自然也就热了，不怕。当时我也是这么想，但走到半山腰时我才发现完全不是这么一回事。越往上走，我就感觉脖子像是被“套白狼”的贼人用绳子勒得紧紧的，根本就喘不上气来，只能一步一步慢慢地往前挪。

我师傅跟在我身后，用手抓住我背上捆大锅的绳子，毫不客气地让我拉着他前行，同时他口中还不住地念叨：小子，等到了山顶我给大家伙儿露一手，也不枉他们救我一命。

快到山顶的时候已经临近中午，但大风雪还没有来。我看到两位因为憋气而面色黝黑的宣传员在山顶迎接我们，他们的口中正艰难地学说《烂草鞋》里国民党兵滑稽的对话，给上山的战士们鼓劲。

我师傅突然拉住我说，就是这儿啦！他命我支起木棍，吊起大铜锅，再往锅里装满干净的白雪，然后他从身上解下早就喝空了的酒葫芦往锅里倒。我这时才看清楚，他的酒葫芦里边装的是背着我提前熬好的咸辣椒卤。

傻小子，站在那卖单儿哪？赶紧脱衣服！我师傅的嘴里依旧没有好话。但说话间,他已经将铜锅盖垫在锅下的雪地里,并在锅盖上面生起火来,然后又抢去我的羊毛袍子,将铜锅口捆得严严实实。一切收拾停当,他命令只穿着单衣的我继续往火堆里添柴,而他自己则一边烤火一边得意地对我叫道:小子,学着点儿吧,当厨子就得有这本事,不论到哪都能想出辙来。

大风雪来得很准时,如果人世间当真有夜叉、罗刹、黑白无常,我想一定就是它了。这时我却发现,我师傅的脸色已经由上山时的黝黑变成了惨淡的死灰,便劝他先独自下山,只把我留在山上给战士们分发辣椒水。不想他却将双眼一瞪,对我叫道:臭小子,这个好儿我哪能卖给你?

就这样,我师傅在雪山顶上一勺一勺地给战士们分发热辣椒水喝,但还没分到一半,他便牺牲了。

我把剩下的辣椒水分完,然后将他老人家装进大铜锅里,拉着他在雪地上滑行,天黑之后才来到雪线以下。后来我听说,这一天在夹金山顶上冻死了几十名体弱的战士,但我们团只牺牲了我师傅一个人。

团长带着我们在满是岩石的山腰上为我师傅修了一座坟墓。他对大家说:我们刚刚安葬的是一位好同志,虽然他有这样那样的缺点还没来得及改正,但我们对自己的同志绝不能求全责备。我们愿意帮助一切人,教育一切人,也欢迎一切人亲近我们,成为我们的战友。这位同志为我们大家牺牲了自己,他是一位了不起的英雄……

我师傅居然也成了英雄,而我却没有这机会。尤其让我想不明白的是,我师傅不过是比其他炊事员机灵些,想出了在山顶上烧辣椒水的主意,但这也只是炊事员的本职工作,难道只因为他牺牲了,就变成英雄了吗?或者说只有死人才能成为英雄?要不就是我师傅身上有我不知道的优良品质,我肉眼凡胎看不出来,却让水平比我高的团长给发现了。为此我想了很久,而且越想越苦恼。

进入草地后的第二天晚上,我们终于走出了那片恼人的大水,在一个名叫分水岭的矮土坡上宿营。战士们采来半枯的草根,取出背了两天的珍贵木柴点火烧饭。每一堆篝火都很小,在黑夜中星星点点排出去很远,一直排到星星里。

今晚是个好天气,没有下雨。卫生队里那些十三四岁的护理员们忙着给伤员处理伤口,洗绷带。等战士们都吃过饭之后,他们又跑到各处为战士们表演文艺节目,鼓舞士气。他们的头上、身上横七竖八地缠着为伤员们晾晒的湿绷带,困倦得眼睛紧闭,嗓音也因为唱得太多而变得沙哑,但他们没有漏过任何一名战士和伤员,直唱到掉队的战士们也都追赶上来。

我们团宿营时天已经黑透了,我无法去找野菜,便只能单用粮食为大家做晚饭。我发现,几乎所有战士的粮袋都已经瘪得像晒干的羊肠,也许大家明天就会断粮。我盼望着明天能给我一个机会,让我在路途中发现一大片黄精、沙参之类有营养的野菜,实在不行,哪怕是多给我些苦菜或是野茼蒿之类难吃的东西也可以,只要能让我有机会拯救这支数万人的饥饿大军,我的名字就一定会像古代英雄那样被战友们传颂。但是，如果我因此而成为英雄，我又不得不感谢我的师傅，因为所有这些野菜、中药和烹调的知识，都是他在叫骂声中传授给我的。

夜已经很深了，我又见到了那位牵着毛驴的老者，发现他老人家正倚靠在毛驴身上，给一个闭着眼睛蜷缩在他腿边的小男孩儿讲故事。我听说他是红军中最有学问的人，是红军大学的哲学教授。我不知道哲学是不是教人先知先觉的学问，但我在城里那些大相士的相命馆门前倒是常能看到“哲学博士”的招牌。我希望这位老者能帮我解开心中的疑团。

我从宝库中取了一粒冰糖紧握在手心里，来到老者身边坐下，伸手给他说：我有事请您指点。老者跟我握手，口中说你心里必定有烦恼啊，手上却将那粒冰糖塞进身边的男孩儿嘴里。

男孩儿香甜地嚼着冰糖，却没有醒。老者将手抚在男孩儿头上叹道：睡着了好，睡着了好哇，免得明天还记挂着哥哥给你的好东西。然后他向我转过头来，失去了牙齿的嘴紧皱在一处，目光却像婴儿一般澄澈。他在等待我开口。

于是我说：我想成为英雄……

老者将目光从我脸上移开，沉吟了好一会儿才说：我也想成为英雄，成为英雄该是何等的荣耀，但想成为英雄的念头又是多么的令人苦恼。

我问：怎样才能成为英雄？

老者说：我想，每一个英雄心中必定都有一样东西让他执着难弃，比如救苦救难？比如向世人证明自己的智慧和勇气？又比如像尼采所说的是为了发现自己原本就是一个超乎群伦之上的“超人”？或者像我们共产党人这样依靠牺牲自己来唤醒民众。你有这个苦恼是件大好事，但你必须得找到你自己的执着……

我又问：什么是执着？

老者又说：就是念念不忘，所以才烦恼。

想了半天我也没想明白老者的话，再要询问，发现老者的下颏已然垂到胸前。他睡着了。

第三天早饭我们吃的仍然是粮食，然后大军出发。天气与第一天的天气同样恶劣，草地也像第一天的草地那样阴险，就好像我们昨天在水中绕了一个大圈子，又回到了第一天进入草地的出发点，所不同的是，大家的干粮袋多数已经空了。

进入草地之前，上级要求每个人准备十天的粮食，说是穿过草地要用七天的时间，多准备些没有坏处。但是粮少人多，筹粮的指标先是降到每人七斤，后又降到五斤，再往后就不再发布命令，全凭战士们自觉了。

进入草地的第一天大家没有经验，许多战士不小心跌倒在灰黑色的毒水里，将干粮袋浸湿，便只好丢弃。等到宿营的时候，他们向战友伸出手来，口中边笑边道：阶级友爱哟！战友们便你一把我一把地与他们分食。昨天大军在毒水中行军五十里，粮食损耗极大，其中被大家吃掉的很多，但被毒水糟蹋的更多。

看到这个情形，我便在后悔一件事。翻过雪山进入藏民区之后，我们发现了许多兽皮，于是大家都拿来做皮衣，而我则忙着割麦打麦，没把这件事放在心上。到了今天我才发现自己犯下了一个多么严重的错误——我没把改造干粮袋的办法传授给大家。

我师傅牺牲以后，我继承了他老人家的干粮袋。那是一条用羊皮缝制，“里外发烧”的双层干粮袋，两面都挂着毛，中间是两层皮，很重，带在身上很累赘，但这毕竟是我师傅的遗物，我没舍得丢弃。正因为有了这条干粮袋，虽然我进草地时只带了三斤多青稞麦，而且也曾多次跌倒在毒水中，但是到今天为止，这条干粮袋里的每一粒炒青稞仍然干爽香脆，没有遭受半点损失。

由这件事开始我对自己产生了怀疑，或许我天生就不是当英雄的材料？因为我太迟钝了，浪费了我师傅的机智，没有用这机智来拯救那些原本不应该失去粮食的战友们。

我觉得，为了这件事我应该主动批判自己，便把这个想法对团长讲了。团长召集近旁的战士，一边在毒水中挣扎前行，一边专门为我开了个小会。有的战友认为这件事情表明我对本职工作缺乏热情，没有主动在工作中发挥最大的聪明才智，也不关心战友们的切实需要。但老吕却出面维护我，他认为我这一路上已经做得很好了，比起其他的炊事员我显得更有办法，更乐于帮助战友，甚至对工作充满了革命的乐观主义精神……

团长的意见与大家不同，他讲的是另外一件事。他对我说：你想当英雄是好事，但红军的英雄不是“赵子龙单骑救幼主”，也不是“白玉堂三探铜网阵”，那是鲁莽和个人英雄主义……

我嘴上虚心地接受了团长的批评，但是并没有解开心结。我努力成为英雄的想法难道错了吗？肯定没有错，但我为什么总是得不到成为英雄的机会呢？去年十一月底，红军在界首抢渡湘江的时候，我曾经得到过一次很好的机会，但团长此时批评的，也许就是我对那一次机会的把握。

当时，经过了五天的激战，我们掩护两个中央纵队成功地渡过了湘江。原以为大军此时该安全了，不想却从后面传来坏消息。仍然留在湘江东岸的断后部队与国民党中央军打了五天五夜的阻击战，人员伤亡大半，此刻已经弹尽粮绝，无法按原计划撤到湘江西岸来。于是上级挑选最精锐的部队前往接应，其中就有我们团。

说实话，这是我第一次上火线，心中很兴奋，也有一些害怕，而最让我害怕的就是敌人的飞机射下来的机枪子弹。在我们蹚水再次渡过湘江的时候，在我们跑步向东与断后部队会合的时候，敌人的飞机一批又一批地来向我们扫射，有的时候是三五架，有的时候是一群。我好几次看到长长的一排机枪子弹从天空疾射到我的身边，与我只隔两三步远的战士突然就没了脑袋，或是胸口开出一个碗大的洞，也有的被打断了胳膊和腿。但是我们不能停步，也不能像往日那样找个地方隐蔽起来等待敌机飞走，我们必须得两眼紧盯住脚下难走的道路，飞快地跑步向前，要不停地跑。

我们团负责接应的是少共国际师，都是些十四五岁的孩子，一个个军装破烂，满脸是泥。在阻击阵地上，每个简陋的掩体里大约有十个孩子，通常有三五个已经牺牲了，余下的多数在睡觉，只留下一个年龄最小的放哨。

听说我们来了，孩子们向我含笑点头，但都闭着眼。放哨的孩子告诉我，他必须得等到看清敌人的眉眼时才能叫醒战友，等到看清敌人的胡子大家才会射击。而等到大家开始射击的时候，也就该轮到他睡觉了。

我把看到的情况告诉团长，说孩子们得先吃饭然后才有力气撤离阵地。团长说你先带着他们往后撤，等一过江立刻就给他们做饭吃。我说过了江自然会有人给他们做饭，但是现在他们已经好几天没吃东西了，根本就走不到江边。

我的建议没有被领导采纳，但是我并不生气，因为我很能理解团长面对这些孩子时的急迫心情。送走了孩子们以后，我们又在那里坚守了一天两夜，等到决定后撤过江的时候，我们团大约只剩下了一连人。

就是在这场战斗中，我把自己从一名炊事员提拔成为一名重要的机关枪手，但是我也没敢丢弃身上的大铜锅，因为这口锅是我师傅的命根子，我怕自己没能英雄地牺牲在反动派的枪口下，反而被我师傅给骂死。

机关枪太重了！我身上背的铜锅、粮食、刀勺铲筷和行李，再加上这支三十多斤外号“花机关”的轻机关枪，几乎和我的身体同样重了。

我的小细胳膊端着机关枪直打晃，射击时脚下止不住地倒退，枪托狠命地敲打着我的肋骨，震得我从干瘪的胃里吐出一股股的酸水来。但是我坚持住了。

冲啊！缴枪不杀呀！反击的时候,我也筋斗轱辘地跟着大家向外冲。不过大家没让我跑出去多远,便将两名俘虏交给我带回来。团长小瞧我,说你再往前跑就没力气回去了。

两名俘虏很听话,帮我抬着铜锅走在前边,我端着机关枪得意地走在后边,留守在阵地上的战友们为我鼓掌。

敌人的大炮又响了,把我们的阵地炸得活像北京名菜"炸羊尾"。团长把我的机关枪抢了过去,然后将我按倒在掩体底下的泥土里,上边扣上紫铜大锅,还让两名俘虏看着我不许乱跑。

撤退的命令终于传达下来,大家分批向江边移动,团长留在最后。我也立刻行动,但是因为我得将铜锅重新捆扎起来背在身上,便落在了后面。这时敌人的飞机又来了,而且还带来了炸弹。团长被炸弹的气浪冲得飞将起来,落在我的掩体里。他没能成为英雄,只是在屁股上开了个大口子,人也被震晕了。

我连忙撕开衣服给他包扎伤口,那两名俘虏却催我快走,说是已经看见敌军攻上来了。有他们两个在就是我的福气,我给团长包扎停当,然后背起铜锅,抱起"花机关",让两名俘虏抬着团长跟我一起往下撤。我的包扎技术不高,团长一路上都在滴血,我很是担心他把身上的血流干了。

直到天黑下来我们才赶到渡口,但是渡船没有了,浮桥没有了,连个鬼影子也没有了。我知道大队红军一定是成功地渡过了湘江,为此我很欣慰。

团长还没有醒过来。我将他的伤口重新包扎好，然后用枪指着两名俘虏，命令他们抬着团长蹚水过江，并且恶狠狠地说：你们要是不干就枪毙。

两名俘虏却笑了，说小老弟你用不着这样，就算你不拿枪逼着我们，我们也不会逃的。我不相信他们的话，但他们给了我一个很能说服人的理由，又让我不得不相信他们。他们说：我们已经缴了枪，总得拿到路费才能回家吧？你们不是给路费的吗？前两年我们都领过的，三块大洋，足吃足喝呀！

但这两个家伙也很麻烦，再不肯抬着团长走了，说是这样搭手搭脚抬着个活死人，跌倒在水里怕是会淹死。不过，纠缠了半天倒是被他们想出了主意，他们借了我的大铜锅去，将团长装在锅里，浮在水面上推着走。

江水并不很深，我前两次过江都是蹚水过来的，就算是我这样的小个子，江水最深处也只到我的胸口。只是江面很宽，我的大铜锅又被敌人的子弹打了一个洞，一个劲地往里漏水，我只好用茶杯从锅里往外淘水，免得团长沉下去。两名俘虏都说我死心眼儿，劝我丢下团长，只带着他们两个回去领赏就是了。

他们的话很是惹人生气，我便用茶杯打他们的头，但过后又不得不向他们道歉，因为我们有纪律，俘虏打骂不得。

一路上我们躲避敌军、土匪和民团，十四天之后，在一个名叫八嫖的地方追上了大队红军。两名俘虏领了路费欢天喜地地去了，团长却把我狠狠地骂了一顿，说我无组织无纪律，不服从命令，没有跟随大家一起撤退，而是冒险留在了后边。

对团长的批评我根本就没往心里去，我知道他一定很高兴能追上大队红军。况且，从江西出发时中央就发布了命令，要求所有团级以上的伤员都必须坐担架随队行军，没有特殊情况不得擅自离队。我这是在执行中央的命令，团长也得听从中央的命令。

战友们见我救回了团长，都夸我是好样的。但我心里清楚，这一回我又没当成英雄，仅仅是完成任务而已。

能参加这次战斗让我收获很大，发觉火线上并不像团长说得那么可怕，我完全有资格成为战斗员，只需要等待合适的机会就是了。

但是，在我们安全归队之后却发生了一件让我很生气的事情。当我师傅发现我让大铜锅被子弹穿了个洞时，便气得"三尸神暴跳五灵豪气腾空"——这是团长制止他的叫骂时，他对团长做出的解释。尽管团长护着我，我师傅一路上仍旧不依不饶，直到我在遵义城中自己花钱找了个焊铜锡的小炉匠把锅补上，他这才住了嘴。

进入草地的第三天，大队红军很早便在后河两岸宿营了。我们的宿营地被安排在河的南岸，依照渡河的程序命令，我们团明早过河。

老吕摊手摊脚地躺在草多土少，依旧很潮湿的河岸上说：这回总算见着土了，明天必定都是好路，而且还有漫山遍野的青稞麦和"风吹草低见牛羊"里边的炖肉。

其实我们都知道，这个地方正处在草地的最深处，不单没有牛羊，连只田鼠也不会有。但蹚了三天的毒水，终于能够在结实的河岸上宿营，大家的心情仍然很高兴。宣传员和护理员们都忙着组织节目慰问战斗员，还有位女同志站在河岸上为大家高唱外国话的《马赛曲》，甚至有人搬出从江西一路背来的留声机播放起来，唱的是“骂一声毛延寿你卖国的奸贼……”等到唱片放完了，战士们便嘻嘻哈哈地唱起自己改编的唱段：“骂一声蒋介石你卖国的奸贼……为什么投日本，你丧尽了良心。”

今晚我们享用了进入草地之后最正式的一顿晚饭，完全可以称得上是豪华的筵席了。

有泥土就有野菜，我在河岸附近发现了许多蒲公英，便捡还能吃的嫩叶割了两大捆。有些淘气的小战士下到河中居然摸上几条两寸长的小鱼来，于是河边一时挤满了摸鱼的战士，但收获不大。鱼虽然不多，毕竟是营养，我将鱼肚子剖洗干净，剁下两只鱼头藏起来，再将剩下的鱼全部剁碎，放到锅中与切碎的蒲公英一起煮。蒲公英有清热解毒，消肿散结的功效，对战士们脚上被草根划破又被毒水浸泡多日的伤口应该有些好处。

队伍中有些战士和我一样对困难早有准备，此时他们拿出珍藏多日的宝物，有的是晒干的牛骨髓或牛蹄筋，有的是羊油、盐、大烟籽，还有更节俭的同志居然带来了在云南吃剩下的火腿皮和湖南的“涮辣椒”，都庄重地将这些珍馐美味投进我的紫铜大锅里。

大家的粮食不多了，许多战士都将干粮袋清理得干干净净，清理出来的粮食放在各自的碗中，那些在毒水里损失了干粮袋的战士也分到了粮食，然后大家在我的锅前排起长队,故意做出垂涎欲滴的样子,让我感觉自己很像是一位重要人物。

今天战士们捡来的草根很多,火很旺,锅中的汤很快便烧开了。眼见着锅中泛起油花,飘出香味,大家高兴得不得了,这个抽着鼻子说是我的羊油味,那个说是我的宣威火腿……没有东西可添的战士则说这是我的干柴烧出来的香味。

我很仔细地给战士们分食，让每一勺中都保证有菜,也保证有油花,然后将这有滋有味的鱼汤给他们浇在碗中的青稞面或青稞麦上,做成盖浇饭的模样。今天的宴会过后,我的宝库中只剩下六粒盐、一只辣椒、一根参须、两粒冰糖、一小片燧石和小半瓶云南白药了。

希望老吕的美好预言能够像他预言灾祸一样准确。我虽然不敢相信有这等好事,但是当老吕大口喝着我用节省下来的鱼头和一只辣椒、一根参须、一粒盐专门给他熬制的小灶人参鱼汤时,我还是追问了他一句:明天我们当真能筹到粮食吗？他一拍胸膛,豪迈道:没有粮食我就死给你看。

许是因为今天宿营得早,也许是因为终于走出了那一大片毒水,战士们心中兴奋,“吃饱喝足”之后便围着一堆堆篝火唱歌、学习、讲故事、开会或者擦枪。

我将锅碗瓢勺洗刷干净,然后沿着河岸慢慢寻找,手心里紧攥着一粒冰糖。我想再次找到那位穿红裤子牵毛驴的哲学教授,请他解释昨晚对我讲的那一番话。或许是红军大学提前过河去了,我最终也没能找到那位老者。这让我很失望,便将那粒冰糖塞进一位眼上缠满绷带的女同志嘴里。

现在还有谁能解答我的疑问？虽然我参加红军后听到过许多关于英雄的道理，接受过无数次英雄主义教育，也亲眼见到过许多英雄行为和英雄人物，但是，这些都是别人的想法和行为，并不能指导我怎样行动。很久以来，我一直想找到英雄这个称号最简单明确的标准，但至今也没能如愿。记得我们与红四方面军会师的时候，红四方面军的一位领导也曾在欢迎大会上讲过有关英雄的事，只是那次讲演和后来的会面非但没能给我一个解答，反而给我增添了新的困扰。

那是在懋功附近的一个小村子里，我们团被调来担任警卫。天空下着大雨，毛泽东和许多中央领导都挤在路边的一只油布小篷子下边等候，另外还有好几千人的欢迎队伍排列在道路两旁。我被安排在欢迎会主席台的台口边，熬了浓浓的一锅姜汤，准备为四方面军的同志驱寒。

傍晚的时候雨终于停了，四方面军的那位领导骑着一匹膘肥体壮的白马，带着他的骑兵卫队风一般地来了。我看到大家见面后都很兴奋，眼里闪着泪水，相互拥抱，用力捶打对方的脊背……然后领导们登台演讲，台下战士们欢呼不断，而我则一直忙着给四方面军的同志往茶杯里盛姜汤。等到四方面军的那位领导开始演讲的时候，我的手上这才清闲下来，听他说道：……只有这样还算不上是英雄，真正的英雄应该……

恼人的大雨又下了起来，让我听不清楚台上讲的是什么。我只听到方才的半句话——真正的英雄应该……他是要说英雄该是什么样的人？还是英雄应该怎样做？我错过了找到答案的机会。

一个月之后红军到达毛尔盖，在一个名叫沙窝的小村子里我幸运地得到了当面向那位领导请教的机会，但因为我思想中的封建遗毒还没有肃清，结果把机会错过了。

那天还是由我们团担任警卫任务，中央领导全来了，聚在一座寺庙里开会。我被安排在会场外的一间小棚子里，给开会的领导们准备午饭和晚饭。下午晚些时候，那位四方面军的领导从庙里出来，去了趟茅厕，便来到我的灶旁讨热水喝。我刚要询问怎样才能成为英雄的事，寺庙里又急匆匆地跑出来两位戴眼镜的领导，将那位领导拉到一边说个不停。

就在那位四方面军的领导转过身去面对来人的一瞬间，我认为自己看到了一个不应该看到的东西，心中怦的一声，将那句挤在喉咙里的问话炸得粉碎。

我看到了“脑后见腮”。

如果我当真迷信“相术”的话，这“脑后见腮”便是面相中的“五大恶相”之一。但我不敢相信这是真的，便假意要给那位领导添热水，提着汤勺向他们凑近几步，想要将这一“相格”看个仔细。不想，后来的两位领导却愤怒地朝我挥了挥手，将我赶得远远的。这可是我从来也没经历过的事情，任何一位红军领导，不论是中央首长还是师团连长，他们向来只与其他领导发生争论，对我们这些小炊事员却是和气得很。

对于方才看到的东西，我得不出任何结论。如果我师傅还活着，他一定能讲清楚内中的道理，毕竟这《柳庄相法》是他讲给我听的。用他的话说，遇到“脑后见腮”的人，就算是干个摊煎饼或是卖耳挖勺这样的小买卖，也绝不能与他合伙。

进入草地后的第四天早晨，我们遇到了大麻烦。昨天晚上，团里其他连队的战士在很远的地方采回来不少新鲜的蘑菇，让炊事员给大家煮煮吃了。到了今天早上，人们发现有六十多名战士瘫倒在河岸上动弹不得，另有七八名战士已经中毒牺牲了，其中也包括他们的炊事员。

卫生队的大夫和护理员们连忙赶过来抢救，给他们做人工呼吸，灌凉水，喂头发。费了好大的力气，这些战士才开始呕吐，但是，他们的身体虚弱得很，已经无法跟随大队出发了。团长很着急，也很生气，但又一时不知道该责骂谁才好。最后，团里决定将这些中毒的战士组成一个后备队，先让其他战士将他们背到后河对岸休息，等到身体恢复之后再出发追赶部队。

经过了长达十个月的磨炼，大家都有经验，知道掉队后在一天之内很难追上大部队，通常总是要花费两三天的时间。更危险的是，我们已经是后卫部队了，在我们后边再没有红军，只有敌人。

团长要亲自带领这支后备队，而我则主动报名担任他们的炊事员。然而，老吕不同意团长带队，他的理由非常充分，他说我们是红军中最精锐的战斗团之一，中央信任我们，才派我们担任后卫任务，你丢下部队带后备队，这是对中央的不负责任，也是个人英雄主义。团长无话可说，只能同意由老吕担任这个职务。

对于这次变动我感到很高兴,因为老吕没有其他战斗指挥员的坏脾气,而且他还是我的朋友。

大队红军开拔了,而我们又休息了一天一夜,直到转天早上才出发,但在这期间,又有两名中毒的战士牺牲了。

这是我进入草地之后的第五天,我自己的粮食也吃光了。我们团出发时,团长让全团战士搜尽挖绝,给我们凑了十来斤粮食。这大约是我们团仅有的粮食了。在毛尔盖筹粮的时候,因为我们团被调去保护中央领导开会,很晚才动手筹粮,储备的粮食也最少。虽然中央领导专门为我们补充了一些青稞麦,但进入草地的时候,每位战士身上的粮食也不过两三斤。

我不知道团长他们在后边几天吃什么,也不知道我们自己在后边几天吃什么。但是,在草地中挣扎了五天之后,我倒不像刚开始那么担惊受怕了。我现在终于想明白了,只要勇气没有消失,含着大拇指我也能走出这片烂泥塘。

此时,在我的宝库中只剩下最后一根参须、一小片燧石和小半瓶云南白药。因为要照料六十多位病人的饮食,我决定把这根参须留到能当即救人一命的时刻再使用。

我们排成一列纵队,老吕在前边引路,我留在最后,一步三摇,在草根纠结而成的地面上前进。这里的地面看不到土,但很结实,毒水也只汪在草根上。草根很硬,被前边部队踩断的草梗也很尖利,我们大多数人都光着脚,将剩下的最后一双草鞋系在腰间。我们必须得把这双草鞋保护好,只要走出草地,穿上它我们就可以战斗。也正因为如此,战士们的脚几乎都被草根和草梗扎破了,但又不往外流血,只从肉里渗出粉红色的水。

每天照例要来的雨雪都来过之后,太阳出人意料地跳了出来。阳光白亮亮的像闪烁的刀锋,在草地上劈斩开大片细碎的花朵,鲜艳得令人起疑。

我从来也没有梦到过这么多的颜色,有让人胃口大开的黄,有令人心痒难挠的蓝,也有深沉得看不见底的红……老吕在前边传下命令:休息15分钟,晒脚。

战士们各自找一块草根密集的地方坐下来,将步枪的背带挂在脖子上,脚架在枪身上,仰面朝天,身子向后倚,用屁股在草根上找好平衡。大家都休息了。

老吕没有休息,他从队前往后走,仔细检查每一位战士的脚,用牙齿替他们拔除深陷肉中的尖刺,吮出伤口中的毒水……

我也在休息,将身子倚在大铜锅上,脚下架着我的茶杯和饭碗,仰着脸,让阳光径直照在眼睑上,感觉舒服得很。五天没见阳光,我已经忘记了高原上的阳光有多么可爱,但是,只过了一会儿的工夫,那阳光便射穿了我的眼睑,溜进后边的大脑,在我的脑子里搅起一片金色的花朵。

午后出发,草地的状况又变得很糟糕了,地上的毒水淹没了我们的脚踝,草根也不再结实,到处都是糟烂的空洞,满含毒素的烂泥粘在脚上,像是给我们穿了一双服刑的“铁鞋”。沿途也像前几天一样,可以看到稀稀落落的泥潭标志。

这是前边的部队在警告我们——每一处标志下的泥淖中至少会有一名红军战士。

此时,我们的队伍也发生了变化。许是阳光太过强烈了,有些中毒的战士出现了幻视幻听的状况。

蘑菇中毒是件可怕的事，因为它毒害的不是你的肚子,而是你的神经。是神经吧?要不就是脑子?关于这一点,我没能记住我师傅是怎么说的。我不是个好学生,但还是记住了一些,我师傅说有的蘑菇毒性很特别,它要等到三五天之后才真正发作。我问会怎么样?我师傅说当然是发疯啦!

我们只有两个健康人，却带着六十多名中毒的病人,难度确实很大。最初大家排成一列纵队慢慢走,我们的责任只是帮助那些最虚弱的战友,还能勉强应付得来。但此时,经常会有几名产生幻觉的战士,脸上挂着幸福的微笑,嘴里讲着温柔的低语,离开队列,向没人走过的地方,或是向着已经做出泥潭标志的地方走去。

大多数战士都帮不上忙。我相信他们此时正将全部精力用来对付体内的病痛,对于外界既看不见也听不见,只是机械地移动脚步,勉强跟住前边的战友而已。队伍中间也有几位中毒较轻的战士，但他们的体力只够照应近旁的战友,将他们放在身前,慢慢地推着走。剩下大部分离队的战士,都要靠我和老吕跑过去将他们拉回来;然后他们再跑出去,我们再将他们拉回来。

我和老吕就像是一对牧羊人。

天将傍晚，我们幸运地遇到了一处微微隆起的小土坡。

那里有大部队打尖休息的痕迹,没有宿营的痕迹——我们这一天只走了大部队半天的路程。但我和老吕都很有成就感,在我们的照管之下,没有一位战友陷入泥潭牺牲。

这片小土坡的面积不是很大,我放下大锅便提着口袋去找野菜。老吕跟在我身后,手中提着一把柴刀,表情痛苦。我给他解宽心说:我们是支小部队,机动灵活,没什么可担心的。他说我担心的不是战友,我担心的是你。

我问他为什么。他说我得替你准备一个应急方案,也免得万一我先死了,你一个人措手不及。他这话让我挺生气,只好老实不客气地叫他闭上乌鸦嘴。

我知道老吕不是胆小的人,听说他作战很勇敢,受过很多次伤,立过很多次功;也知道他不是自私的人,他虽然是指挥员,但对战士非常关心;我更知道他不是婆婆妈妈的人,因为在任何事情上他都很有决断。他现在的心情如此沉重,只能说明他肩上的担子太重了。是的,要独自带领六十几名精神恍惚的病人走出草地,这个担子实在太重了。

但是,这个担子他必须得自己挑,我帮不上他的忙,我所能做的只有让大家都别饿死而已。然而,要想让大家不饿死可没那么容易,因为我发现,土坡上的野菜早已经被前边的部队采光了。

进入草地之前, 我知道各个部队筹备的粮食都很少,而且许多战士虽然是农民,却不认得这个地方的野菜,于是我采了一些野菜的样子,主动到各部队里去给他们看,告诉他们沿途该找哪些野菜来吃。进入草地的前三天情况还好,大家都还有粮食,便不怎么采野菜吃,所以我们这些粮食最少的后卫部队在路上和宿营地还能找得到野菜。

如今大家的粮食都吃光了,两三万大军从这块小土坡上经过,地上的野菜自然被一扫而光,只给我们留下一些野菜的秃根,断茎处冒出来的那一滴白浆也早被阳光晒干了。

在小土坡上还有些矮小的灌木,老吕手挥柴刀正在为我砍柴,而我则呆坐在地上想办法。我这不是慌张,也不是害怕,此时我早已不再害怕了,我确实是在想办法。

我现在只有十来斤青稞麦,牢靠地藏在大铜锅里;小土坡上只有灌木和青草,还有大片红军战士留下的粪便,原有的野菜早已变成前卫部队的腹中之食了。

我在想,我们到达后河的时候是进入草地的第三天,大家在河岸上烧火做饭。第四天早上,有的部队忙着开拔,有的部队忙着渡河,大家没有时间烧饭,便只能吃青稞麦粒或者什么都不吃。既然我们比大军晚出发一天,那么这片小土坡就应该是大军出发后的第一个休息地点,也就是说,这里的粪便必定是他们在后河吃过早饭以后的第一次大便。

我伸手捞起一把粪便,很湿,不是很臭。我用手将粪便捻开,手指上留下了几粒硬硬的种子。看哪!看它们那扁平的样子!中间宽,两头尖,身上还带着六条漂亮的棱!我说的没错吧,正是青稞麦粒。那个刻薄的老笑话怎么说来着?他们说一个吝啬鬼带着一条狗出远门,仅吃了一顿炒大麦便出发了,一路上人屙了狗吃,狗屙了人吃,讲的一定就是这个道理。

我在心中警告自己:当心,不要太激动,要冷静,既然有了粮食，就一定还有好事，还应该有更美妙的东西在等着我发现。地上的野菜是没有了，但野菜的根还在，我知道这个地区有几种野菜的根是能吃的。天哪！南来北往的各路大仙哪！你们看看吧！这是什么！这是什么！早些时候你躲在哪里，为什么偏偏在这个地方出现！

我发现，那些野菜的断根居然是野胡萝卜，咬在嘴里甜丝丝的，有些涩，不脆，但毕竟有甜味，有营养。我连忙抽了自己两个嘴巴，以免这是幻视幻听。

下了大雪山之后我曾经找到过野胡萝卜，但只是很偶然的发现，一两根而已。因为没有实物让我教会大军认识这东西，我们今天才有福了。

等等，还有什么？灌木丛中有几株稀疏的野薄荷和野韭菜，已经很老了，不受吃，但如果炖肉它们却是极好的香料。可是肉在哪里？我游目四望，发现周围只有人，没有肉。

人心不足蛇吞象！我不再找肉了，只将发现野胡萝卜的事告诉战士们，让他们帮我来挖。战士们听说有东西吃，便一窝蜂地爬了过来，拿出刺刀、小刀、汤勺等五花八门的工具，趴在地上奋力地挖，挖出来便带着泥土塞进嘴里香甜地嚼。

我不能让他们生吃，但又制止不住。最后还是老吕有办法，他对大家说：后边没有红军了，这些好东西都是我们的，但生吃胡萝卜要拉稀闹肚子，我命令你们再忍一会儿，只要把这片胡萝卜挖完，我保证给大家炖肉吃，你们说好不好？

战士们都抬眼望着他，目光热切而迟钝，过了半晌才爆发出一阵狂热的欢呼，然后又埋头去挖野胡萝卜。这一次没有人再生吃了。

但是,拿什么肉给战士们吃呢?我担心老吕要学佛祖割自己的肉,便端着半锅大粪将他拉到水边,一边从粪便中淘洗青稞麦粒,一边问他哪里来的肉?他说山人自有妙计,你就瞧好吧!

说实话,从粪便中淘洗麦粒的工作,我原本没打算让战士们参加。一个炊事员不能让战士吃饱,这本身就够丢人的了,更何况……不想,战士们挖光了土坡上的野胡萝卜之后,便每个人都端着自己的饭碗盛了粪便来帮我淘洗。

这天晚上,我们六十多人千真万确都吃上了野胡萝卜炖肉,而且锅中还加了至少十五斤的青稞麦。战士们都说,在肠胃里走了一遭之后,这些青稞麦倒是更容易煮烂了。他们说的是实情,我吃到嘴里也是这个感觉,很容易嚼烂,也很有麦香。

唯一让我感到丢面子的是,虽然加了野薄荷和野韭菜这些香料,但我炖的肉却不香——我们总共炖了六条皮带两双皮鞋,非但不香,而且难嚼得很。

老吕拍着我的后背说:老伙计,炖肉的手艺还得练哪!但他的脸上却高兴得眉飞色舞。他确实应该高兴,我们所有人都很高兴,老吕没有让大家失望,是他想到的皮带也是肉。

晚饭后,我对大家公布了食物储备的详细情况,越是在艰难的时刻,越是要让大家对真实的情况心知肚明。我举着我师傅的干粮袋说:今天我们没消耗掉一粒存粮,剩下的青稞麦还是十来斤。

肚子里暖烘烘的战士们为我欢呼，鼓掌。我又举起一把手指长短的野胡萝卜说：仰仗大家的共同努力，我们还剩余了三十二根胡萝卜、十条皮带、三双皮鞋和一捆炖肉的香料，我向大家保证，明天晚上我一定把肉炖得又香又软。战士们再次为我欢呼，于是我陶醉了，一颗心仿佛要裂开一般，感觉从来也没有像今天这么快乐过，而且从来也没有像爱这些战士那样爱过任何人。

进入草地后的第六天居然是个大晴天，阳光比昨天还要锐利，但是地上的草根却越发地糟朽了，空气中飘浮着一股酸臭的气味。沿途没有烧饭的痕迹，没有野菜，什么都没有，只有些饿死的战友。这是我进入草地以来第一次见到饿死的同志。

到了午后，饿死或累死后倒毙在路边的战友越来越多了，许多中毒较深的战士便开始激动起来，口中自言自语，脚下也没了方向。他们的激动影响了其他人的情绪，渐渐的，整齐的一列纵队变成了杂乱的一团，很快又由杂乱的一团变成了分散的一片。大家就这样信马由缰地四下里乱走，没有队列，没有组织，甚至没有人的言语。

我和老吕四处奔跑，也有少数已经痊愈的战友在帮助我们，试图将大家重新聚拢在一起。但发病的战士太多，他们分散开来，不停地乱走，已经有人陷入了泥潭。我对远处的老吕拼命地叫喊，问他怎么办，心中焦急得想要大哭一场。

突然，老吕高声喊叫起来，紧接着几名痊愈的战士也跟着他喊叫起来，最后，所有中毒的战士也一起喊叫起来。他们边叫边笑边跳,向老吕的方向聚拢过去,在锋利的阳光和腐臭的草根之间回荡着一片欢快的声音——开饭喽！开饭喽……

然而,我没有时间欣赏这虚假的欢乐场面,我发现落在后边的两位发病的战友已经深陷泥潭,正一边应和着老吕的声音高叫,一边嘻嘻哈哈地往对方身上丢烂泥,高兴得不得了。

我一边大声召唤老吕,一边飞快地向他们奔去。我身上背着那口该死的紫铜大锅,累得我跑不动,于是我动手去解系在胸前的绳扣,但刚一分神,便感觉脚下一软,知道自己误入了泥潭。

这里的污泥很是浓稠,我的身体下陷得并不快,所以我没有奋力蹬腿,而是将双腿蜷缩起来,盘在身下,羊毛长袍的下摆也被污泥推上来,围在我的腰间。我再次向那两位战友望过去,发现他们离我一丈多远,只有双臂和头露在外边,手上还在软弱无力地丢着烂泥,声音却没有了。回头再看其他战友们,我看到老吕带着几名战士聚在离我不远的地方,正在想办法;更远处,其他中毒的战士们都很听话地坐在草地上——晒脚。

我对老吕挥了挥手,叫道:快走吧,别瞎耽误工夫啦。老吕却说你小子给我闭嘴,难道你想偷懒,让我一个人照顾这么多疯子吗？我说没办法,您受累吧。

其实我一点儿也不想死,看到陷落的两名战友已经没了踪影,我就更不想死了。但是,如果我不死,老吕就不能放心地离开,我也成不了英雄。

这时我才意识到，我已经好几天没有想过英雄这件事了。是的,我居然把它给忘记了。

此时,老吕已经将两支步枪的背带结在一处,然后把步枪横在身下,像我们北方在冰上救人一样,慢慢地向我爬过来。我注意到他的表情非常紧张,他一定是担心我会牺牲。是的,如果陷在这里的是他,我也会同样紧张,不想让他牺牲。如果此时有人说必须得由我一个人从草地中救出这六十多位病人,那么我宁可选择牺牲,因为这项任务太重了,我承担不起。

老吕已经爬得很近了,像是怕吓着我,轻声对我说:你把行李解下来,然后伸手给我。

我刚刚解下大铜锅,身子立刻便往下一沉。老吕一定是发现情况不好,忙将身子向前跃起,一把揪住我的袖子,就这样,我们两个人全都陷在了泥潭里。即便如此,老吕还是揪着我的胳膊拼命往上提,但越用力,他自己陷得就越深,很快烂泥便淹到了他的上腹。

胸部被烂泥挤压住,让他吸气很困难,脸色变得黑紫,但他口中却在生气地骂我:小子,你净给我添乱。听到这骂声,我便又想起了我师傅。我师傅跟老吕绝不是同一类人,但在将死之时,我却将他们二人想到了一处。

被我丢在一边的大铜锅并没有沉入泥潭,甚至没有一点下沉的迹象,它就这样大大方方地待在那里,像是在等待下一顿晚饭。我突然明白了,那位顶替我担任炊事员的新战士前几天也是这么死的,他解下了大铜锅,失去浮力,于是就牺牲了。

我连忙伸手抓住铜锅的耳朵,身子用力往上靠,同时另一只手抓住老吕的衣领。下沉停止了,不,不是停止,只是慢了下来。于是我用手臂夹住大铜锅的耳朵,将系住这只耳朵的绳子在老吕的上臂拴牢,再将绳子的另一头系在一束野胡萝卜上,然后用力向守在一边准备救援的战友们丢过去。不行啊,我在泥潭里边使不上力气,只将绳子丢出去几尺远,战友们根本拿不到。我忙又将绳子拉回来,很怕他们像老吕一样冒险上前。

看来,我只有爬到大铜锅上,才能将绳子丢得足够远。但是,等我往铜锅上一爬,那铜锅立刻就开始下沉。锅里的东西太重了,再加上我,让它失去了浮力。

我立刻掏出锅里的东西丢在一边,然后将铜锅另一只耳朵上的绳子拴在老吕的另一只手臂上,这样一来,污泥虽然淹到了他的胸口,但他的人却被吊在大铜锅上,不再下沉了。

我用一只手扒住锅沿,猛地喘了几口粗气,休息一小会儿。有这只大铜锅保佑,我们暂时还死不了。但是,我发现老吕这会儿却突然发病了,他的眼睛向上翻起,嘴巴大张,只有出气没有进气,话也讲不出来。这可不是因为烂泥的挤压造成的,这必定是消渴症引发的心口疼。我见过这种情况,如果不能立刻救他出去,几分钟之后他必定会死。

我奋力爬上大铜锅,将菜刀系在绳子头上,拼尽全力丢给泥潭边上的战友们,同时高声叫道:你们先不要动,听我的命令。然后我从锅上爬下来,又检查了一遍吊住老吕的两根绳索,这才从怀中取出我的宝库,将那小半瓶云南白药倒入老吕的口中。

云南白药跟心口疼和消渴症都八竿子打不着,但我希望白药里的血竭和没药的镇痛作用能让他振奋精神;即使药性没有用,白药的粉末呛到鼻子里,让他打几个喷嚏也可能会转移他心口的疼痛。

好啦,是生是死就在这一刻了。我将拴在铜锅另一只耳朵上的绳子头系在自己的手腕上,对战友们大叫一声:拉呀!

捆大铜锅的两根绳子各有九尺来长,如果战友们能将老吕和大铜锅一起从泥潭中拉出来,拴在绳子另一头的我也就有救了。

被我们两个人折腾了半天,泥潭已经很稀松了。我的身子下沉得极快,老吕刚刚被拔出泥潭,我就已经淹到了胸口。听天由命吧!我将最后一根参须吞了下去,提起羊毛长袍往头上裹了一包空气,然后将手柄中空的铁手勺像根苇秆一样竖着咬在口中,什么也不想,老老实实地沉了下去。

就在即将失去意识的那一刻,我清楚地感觉到系着绳子的手腕猛地一紧,接下来便是刻骨的疼痛,于是我知道,我用不着牺牲了。

我最终也没能将老吕救活。他因为心口疼牺牲了,而我却得救了,所以我们两个人都不是英雄。那位穿红裤子牵毛驴的老者说得好,“想成为英雄的念头是多么的令人苦恼”。即使现在我不想英雄的事,只想活命,只想救活战友,但我仍然很苦恼。或许,我想成为英雄的想法本身就是老者所说的执着,因为我一心要成为英雄,身边的战友才纷纷地因我而牺牲。

战士们说我在那么危险的情况下也没牺牲,身上必定有大福气,一定能带领大家走出草地,便选举我代替老吕当队长。当晚,我带领战士们早早宿营了。

最后的一点粮食都被我糟蹋在泥潭里,我们六十多人只剩下那几条系在身上的皮带和三双挂在腰间舍不得穿的皮鞋,没有青稞,没有盐,没有香料,也没有野菜根。宿营地周围倒是还有一些稀湿的红军粪便,但里边已经见不到珍贵的青稞麦粒——想必大队红军也已经断粮了。

战士们并没有因为我丢了粮食而责怪我,大家都躺在一条长长的土埂上休息,几位身体痊愈的战士帮我拾草根,打水,我负责“炖肉”。没有老吕在身边,我感觉很孤单。

昨天我有那么多的柴火,把皮带和皮鞋炖了很久,但依旧是不熟不烂。当时我还特地捡了一小块最薄的鞋面尝尝,结果哽在喉咙里,不上不下地让人难过。今天没有那么多木柴可烧,战士们捡来的多是些湿草根,怎么办?

湿草根很难点燃,但我又舍不得使用子弹中的火药。战士们的每支枪里最多也只有五发子弹,少的才有三发,万一走出草地后发生战斗,这些子弹可是不够打一仗的。除了子弹缺少之外,这两天中毒的战士都处在精神恍惚的状态,其中许多战士在无意间将武器丢在了半路上。宿营的时候我特地清点过,算上老吕,这几天我们后备队总共牺牲了八位同志,还剩下五十九人,但只有二十五支步枪。

我将宝库中的那枚小小的燧石紧捏在手指尖,打起火来很吃力。因为火镰丢在了泥潭里,我只能找战友借来一支枪栓打火。花费了很多力气,但草根太湿,点不着。没有办法,我只好从身上撕下一只衣袖,这才生起了篝火。

皮带被我剁成了小块,皮鞋也拆成一片片的皮革,然后我用战士们擦枪的通条将皮子穿起来, 放在火上慢慢地烤。最先散发出来的是一股焦臭的味道,说明这些皮革都是真正的好牛皮。慢慢的皮面开始卷曲,粗糙的一面燃着点点火星,光滑的那一面开始冒起油亮的气泡。这就对了,虽然有几年没做,但这道工序我还不会忘记。我师傅在教我这门手艺的时候用烟袋杆敲打着我的脑袋,恶狠狠地说:这普天之下哪有我这么好的师傅?教会徒弟饿死师傅,但是我不怕,我教给你,看你小子挣了大钱会不会孝敬我?

我没有忘记他教我的手艺,但我已经没有机会孝敬他老人家了。我师傅当时还告诉我,皮上起了油泡之后就该拿碱水泡。我没有碱水,便动员战士们往大铜锅里撒尿,然后我在尿中洗泡烤过的皮革。

我师傅他老人家确实手艺高,烤过的皮子被这些"碱水"一泡,立刻便松软起来,而且显出了牛皮原有的黏性。我师傅又说:碱水洗,清水漂,然后码在大砂锅里,下边垫上火腿骨,上边盖着拆开的整鸡,文火慢炖三天三夜——我师傅他老人家这是在教我发制"熊掌"的手艺。

第一次跟师傅学习这门手艺, 我守着灶台四天没睡觉,等到大功告成了的时候，我师傅却将发好的熊掌自己拿去下酒，只让我找来一只风干的猪前肘和一只牛蹄，再加上发熊掌的原汁造了一只假熊掌给顾客送去，而且照例得了赏钱。我那可怜的师傅，当初他可算不得是个好人哪！

我没有三天三夜文火慢炖的工夫，但终究还是将这些皮子炖得能吃了，为此我很有成就感，战友们对我的夸赞也让我很受用。只是，这一夜我却没睡好。

晚饭后，我像老吕一样四处察看战士们的情况，无意间望见东边很远的地方有篝火的光亮。我连忙熄掉篝火，沿着土埂朝东走了一段路，但还是看不清。他们距离我们至少也有两三里远，我只能看出来那是两堆或者三堆篝火，其他的什么也看不清。

回到宿营地，我发现有几名战士也在朝这边张望。他们问是什么人？我说只有两三堆火，不会是我们的人，多半是藏兵。

自从我们进入藏民区，便发现国民党军队在藏民中间造了许多谣言，让他们对红军充满了敌意，所以经常发生掉队的战士被藏兵劫持的事。红军进入草地以后，藏兵们便分成许多小股，骑着一种蹄子特别肥大的马追踪我们。他们的目的就是缴获我们手中的枪和子弹，扒我们身上的衣服，并不常杀人，但被扒掉衣服的战士多半会在夜里冻死。

战士们问我怎么办？我说还能怎么办？反正夜里他们过不来，还是先睡觉吧。我在战士们面前故意把自己装扮得像诸葛亮一样平静，但整整一夜我也没能合眼。

这天夜里没有下雨，而是下起了大雪，积了厚厚的一尺。天光放亮之后我看到，雪落在毒水中立刻就融化了，但积在草墩和草梗上的“雪堆”则像是一只只奇形怪状的动物，疏疏落落排到天边，不像是人间的景致。

远处的藏兵也发现了我们，骑着马，远远地兜圈子，一时还不敢接近。但此时我还顾不上他们，我必须得一个一个地检查战士们的情况，结果发现有三名战士牺牲了，有二十五名战士已经痊愈，其他战士的中毒症状也减轻了许多。

我让众人推选出一位战斗指挥员，他们推举了一位排长；又让他们选出神枪手，结果有五人报名。排长给每位神枪手配了两名副手，将他们分成五组，只许神枪手开枪，副手负责替他扛枪装子弹。

我指挥另外几名痊愈的战士按照病情轻重和病人们相互搭配，五个病人一组，用捆紫铜大锅的绳子将他们拴成一串，每位痊愈的战士负责一组，而我负责前后照应。战士们都是品格高尚的好同志，并没有因为我是炊事员而轻视我，反而热心地帮助我工作。

藏兵们骑在马上，举着带支架的步枪，嘴里嗷嗷叫着向我们冲过来，但还没到射程之内他们就圈马回去了。如此几次，排长告诉我，他们也害怕，不知道我们的情形不敢冲上来。

我问他们有多少人。瘦小的排长让两名战士抱着他的腿将他举起，伸指数了一阵，告诉我有二十八或三十人，每个人都有马有枪，而我们总共只有九十三颗子弹，正面战斗必定要吃亏。我没了主意,他却笑着说,用不着杀死每一个人,只要能把他们吓跑就行。但是我知道,这些藏兵的脾气执拗得很,一时半会儿不会改主意。

藏兵们冲得更近了,已经能够看清楚他们的胡须。他们分成两队,但并不直接向我们冲来,而是策马由东向西沿土埂的两侧冲过来,然后在西边远处交叉,回头向东再从我们的两侧通过。他们一边叫一边射击,排长却不许射手们开枪。

等他们再来时,离我们就更近了,排长下令开枪,藏兵们则拼命地打马向远处逃去。然后排长问射手们都打了几枪,有的说打了三枪,有的说打了四枪。排长命令他们下一次听他的口令,他每喊一声,每个人就只许放一枪。这个办法果然管用,藏兵们从西向东回来的时候,我们射中了一匹马。跌下马的藏兵被同伙救走了,那匹马却在挣扎中撕开了糟烂的草根,陷入泥潭。我真是可惜那好几百斤肉,全都糟蹋了。

进入草地的第八天,我们仍然在与藏兵对峙。到了第九天,战士们已经痊愈大半,但我们也牺牲了三名同志,一名中弹,另外两名是饿死的。

只是,那些藏兵还缠住我们不放。排长说,这些家伙知道我们没有粮食,他们是想把我们困死在这里。我对排长说我们必须离开这里,按照正常情况,我们离草地的边缘最多还剩下两天的路程,坚持一下,红军大部队一定会来接应我们。

于是我们出发了,加上刚刚痊愈的战士,射手们被分成十二个小组,队伍排成两列纵队,排长端着枪走在前边,我背着大铜锅走在最后。战士们虽然两天多没吃一粒粮食,但精神还不错,嘴里高唱"粉碎了国民党的乌龟壳,我们真快乐……"我觉得,除了饥饿,这支队伍毫无缺陷。

藏兵们见我们唱着歌走出来大约很吃惊,勒马远远地在东面跟着,既没往上冲,也没开枪。到了午后,雨也下过了,雪也下过了,那些藏兵一定也等得心焦了,便排成一队向我们冲过来。但他们仍然是在吓唬我们,兜一下圈子又回去,只把我们的行军路线逼得越来越偏西。我知道,这些藏兵是想逼我们离开大军的行军路线,迷失在草地中。

晚上宿营前,我们又有两名战友累饿而死。

进入草地后的第十天,我们迷路了。路上再也找不到大军的痕迹,没有牺牲的战士,没有泥潭的标记,什么也没有。那些藏兵们似乎也在犹豫, 无法决定是不是跟着我们继续走,过后他们大约想出了更坏的主意,开始不断地从前边冲击我们的队伍,我们的行军路线不得不更偏西了。

这天中午,我以为该是为革命尽忠的时候了。战士们全都横七竖八地瘫倒在毒水里, 枪横在肚子上或丢在一边,似乎已经失去了求生的意志。我拖着大铜锅勉强爬到排长跟前,问他怎么办?他却将脑袋枕在另一名战士的腿上,盯着远处的藏兵,话也没有力气讲。

藏兵们先是试探着在我们近前来回跑了两趟,显然看出了便宜,便策马径直向我们奔来。看看就来到近前的时候,排长突然翻身爬起,对着后边的战士们高叫道:咬胳膊。

射手也都翻身而起, 各自在自己的胳膊上狠咬一口,疼痛让他们立刻精神了起来。排长又大叫:架枪。两名助手一个跪在射手身前,另一个将步枪架在他的肩头,并且帮助射手把枪扶稳。

这突如其来的变故让藏兵们吓了一大跳,后边的藏兵慌忙圈马而回,前边的几个却收不住马,向我们直冲过来。这时排长又大叫一声:打了吧!

当先的那匹马同时中了五枪,一下子栽倒在我们跟前。紧跟在后面的那匹马被它绊住,跌到了我们的队伍里,立刻便有那机灵的战士上前紧紧拉住马嚼子。马成了我们的战利品,但两名藏兵却逃走了。

这一场打得漂亮,大家都在欢呼。我把大铜锅解下来,割开中枪的那匹马脖子上的血管,接了半锅马血。战士们你一杯我一碗喝着马血,算是进入草地后第一次破例吃了午饭。

到了即将宿营的时候,我们已经能够望见远处的山峦。总算要走出草地了,大家都很兴奋,但藏兵却还在纠缠我们,他们占据了我们前进路线上的宿营地,又派出一队骑兵在东边游弋,硬是逼着我们往西走。

向西走出去四五里,我们选择了一处树木茂密的小土岗宿营,跟随我们的藏兵也回去了。看来,要想走出草地,明天无论如何还得再打一仗。值得庆幸的是,草地的夜晚还是安全的,没有人胆敢在夜间的草地上行走。

战士们用那匹缴获的战马将死马驮了回来。我支起大铜锅,将那匹死马剥皮取肉。两匹马的背上都带有皮囊,里边有少量的盐、青稞面、牛肉干和牛油;宿营地里有取之不尽的木柴,各种各样的野菜,还有大片的蘑菇。

没有人要吃蘑菇,大家要吃炖肉。如今有了好食材,当然是我大显身手的机会,我将马的里脊肉和通脊肉剁碎,再加上切碎的野菜,然后用青稞面勾芡汁,给战士们熬了一大锅香气扑鼻的菜肉粥。

吃过粥之后,战士们还要吃炖肉,我只能好言相劝,告诉他们饿得狠了不能直接吃肉,我夜里会再给大家熬一大锅肉粥,等大家的肠子和胃都缓过劲来,明天早饭就可以吃炖肉了。

战士们都是好样的,不单懂道理,而且吃得饱睡得香。等大家都睡下之后,排长对我说,藏兵知道我们有了吃食,就不会像前几天那样等我们饿死,他们明天必定会在半路上拦截我们,而我们现在只剩下二十六发子弹,根本打不赢这一仗,现在你得替大家拿个主意才好。

打仗的事我一窍不通,没有主意,但我却在想另外一件事,便问排长,你说我们现在离走出草地还有多远的路程?他说最多四五十里。我说如果吃饱了半天就能赶到吧?他摇摇头说,若是往日没有问题,现在恐怕不行。

有了食物却没有子弹,怎么才能打退这些藏兵呢?我心中焦虑,便问排长:你好好想一想,用二十六颗子弹怎么才能打败那些藏兵。排长想了想说,只有打伏击。我说那就打吧。排长说不知道前边的地形,没有办法设伏。我说今天晚上有星星,让我提前出去侦察一番就是了。排长说你是炊事员,不知道在什么地方能设伏,还是得我去。我说你万一要是回不来,明天的兵谁带?

我们两个人争论了半宿，一直到战士们半夜醒来喝粥时也没有结果。最后大家围着粥锅开了个民主会，决定我们两个人谁也不能去，而是另外推选了两名战士前去侦察。我给他们带上一点盐和牛肉干，送他们到草地边上说，你们天亮前一定要赶回来吃炖肉。他们说给我们多留两块肥的，便去了。

进入草地后的第十一天，出去侦察的战士只有一个人回来了，另外一名战士走夜路陷进了泥潭。这一天藏兵们也早早地赶到我们前边，策马往来驱驰，打算将我们继续往西赶。我们没有上当，而是决定再休息一天。

这一天一夜，我为战士们做了六顿饭，希望他们尽快恢复体力。午夜未到，排长便从自愿报名的战士中间挑选出十二名身体状况最好的组成了一支伏击部队。我给他们每个人准备了一大包煮熟后又切成小块的马肉，可以保证他们在射击的同时也能进食。然后我以队长的身份命令他们：埋伏好之后不许盲目出击，我在中午之前一定会带着队伍赶到伏击地点。排长则说不管我们最后能有几个人到达伏击地点，只要你们准时到达，我们就一定会打败这些藏兵。

排长他们出发了，留下来的战士们并没有害怕，只是看上去有些心神不定。这也难怪，明天我们这些人要穿越四十多里的草地，还要面对武装的骑兵，而我们的枪里却没有一颗子弹。

进入草地后的第十二天凌晨，天还没亮的时候，我们在营地里燃起一大堆篝火，希望能迷惑藏军，让他们以为我们正在做早饭,然后我带着队伍出发了。

这又是一个好天气,没有雨雪,草地上的毒水最深处也只有一尺。在行军路线上,有排长他们用灌木枝为我们做的标记。我们排成两列纵队,跑步前进。若在以往,跑步行军我们一天能走一百多里,但现在不行了,大家虽然休息了一天两夜,但身体状况并不是很好,出发后不到半个小时,行进的速度就慢了下来。

藏兵们好像并没有发现我们的行动,远处也听不到马蹄践水的声音。于是我让大家跑一段便停下来喘几口气,然后再跑一段。天亮时,我们已经能清清楚楚地望见草地外边的山坡和树丛,飞鸟也来到我们的头上盘旋。我为大家点起了几支火把,但并不是为了照亮路程。就在这个时候,藏兵来了,马蹄将毒水踢起一丈多高,自东向西,风一般径直朝我们奔来。

他们一定是被我们的计谋给激怒了,不再在我们身边绕圈子,而是用步枪上锋利的枪架对准我们,径直冲入我们的队伍。

我对大家高声喊道:蹲下身子,点火把。几十支缠着军装撕碎的布条并且涂了牛油和马油的火把燃烧起来,战士们挥舞火把迎着藏兵冲过去。那些长着肥蹄子的藏马必定没见过这阵势,身子一偏,便从我们的队伍中穿了过去,但我们还是有两名战士被藏兵刺伤了。

我借着这个机会和战士们抬起伤员向前猛跑,这时藏兵又从西边冲了回来,这一次他们开枪了。我再一次高喊:蹲下身子，投火把。几十支火把向斜刺里冲来的骑兵头上飞过去，藏兵们又一次穿过了我们的队伍，我们又有两名战士中弹受伤了。

藏兵的第三次冲锋是从我们的身后兜过来，他们不再排成一线，而是像我们一样排成两列，一边冲锋一边射击。我第三次高喊：扔掉背包，上马。

我是队长，我排在最后，骑兵最先追到我的身前，所以我必须得为大家做出榜样，才好鼓起战友们的勇气。我瞅准当先来到的第一个骑兵，在他冲过我身边的时候便猛地跳起来扑向他。

我在城市里长大，只见过马，没碰过马，不知道该怎么对付它。但与这种马近身肉搏我并不担心，因为这种马太矮了，如果是这么高的矮墙头，我平日里一跳便能骑上。

我最初的想法是扑上去抱住马脖子，翻身上马，然后再将马上的骑兵打下去，夺了他的枪。但是我想得太容易了，那马跑得很快，我这一扑只抓住了藏兵的袍子和马鞍带，马牵着我往侧面一冲，又让我腾出手来抓住了马鞍和骑兵的腰带，然后拼命地往马上爬。那藏兵一定是被我吓了一跳，也没开枪，只是回过身来拿枪托打我的后背，用拳头打我的头，而我则一口咬在他的大腿上。我现在已经顾不得光脚被拖着在草根上磨的痛楚，只想着如果不把他弄下来我就得死在这里。

这家伙的皮裤太厚了，我知道自己没咬着他的肉，但牙齿毕竟给我借上一点力，让我腾出右手向上去抓藏兵的袍子，想抱住他之后一起滚下马来。但是我没能抓到他的袍子，却拉出了他横插在腰间的长刀。藏兵许是见我拉出长刀便害怕了，他用枪托使劲敲我的手和头。这时我再也抓不住了，手一松，门牙也被扯了下来，但我还是一刀插在他的马屁股上，然后便一头栽在烂泥里。

等我擦干净脸上的泥水再看，不禁高兴起来。我们抓住了两名俘虏，缴获了三支步枪，枪里都还有子弹，但是，我们自己也有七名战友受伤了——我掉了门牙不算，他们受的都是枪伤或刀伤。

藏兵们远远地跑到草地边上，好像是一时不知道该怎么办。我带领着战士们径直向他们冲去，只要冲过他们的堵截，便战胜了这块该死的草地。

杀呀！缴枪不杀！红军优待俘虏！我们昂着头，高声大叫着，有些战友举着空枪，有些举着死马的大腿骨，有些举着木棒，而我则冲在最前面，手里高举着我师傅送给我的出师礼物——王麻子切菜刀。

藏兵们分散开来，将马稳稳地停在草地边上，端枪向我们瞄准，然后枪响了。我身边的战友倒下一个，又倒下一个，但我们大家仍然高声叫喊着，挥动着手中的武器，拼命向前冲。这种拼尽全力的冲杀，甚至让我感觉到一种脱胎换骨或是灵魂出窍般的快乐。

突然，我看到藏兵背后的山坡树丛中又冲出来一队人马，队形一字排开，全部是跪式射击姿态，然后一排枪打将过来，藏兵们的马立刻就像是遇到了马蜂一样暴跳着四散开去。是排长带领着神枪手接应我们来了,我准确地将战友们带到了离预定的埋伏点一里多远的地方。

但我们中间没有人停下脚步,依然向前冲,口中依然不住地高声大叫,手中的兵器挥舞得依然是那样有力,向调头奔逃的藏兵们追杀过去。直等到冲出草地之后,我们大家才发觉自己已经累坏了,便倒在结实的土地上喘粗气。

藏兵是不能杀的,这是上级的命令。排长先把俘虏都打发走了,然后将伤员安置好,这才来到我的身边,笑着对我说:老弟,你小子比我吃了蘑菇还要疯,行,够勇敢的,回去跟着我扛枪吧。

1935 年 9 月 9 日,我带领着后备队中活下来的四十八名战士,在一个名叫巴西的地方追赶上了中央纵队。当时大家都很忙,没有人抽空表扬我们,而我们也只想好好地吃顿饱饭,美美地睡上几天,不想,刚过午夜我们就被叫了起来,与红四方面军暂时分手,独自北上抗日去了。

直到过了腊子口,大家才终于松了一口气,知道这次大转移已经取得了巨大的成功。团长召集全团战士开大会,纪念所有在转移中牺牲的战友,嘉奖活下来的战斗英雄,让我大感意外的是,我也居然被算作是英雄中的一员。团长说我在最危险的情况下独自一人将中毒的战友带出草地,这比传说中的英雄还要了不起,他决定满足我的愿望,提升我为机关枪枪手的副手,还要发给我一挺刚刚缴获的捷克式轻机关枪。但我谢绝了团长的机关枪,而是选择了一口搪瓷大锅,用来代替被我丢失在草地里的紫铜大锅。这一年爬雪山过草地长了许多的见识,让我终于发现了自己身上最大的价值——其实我是一个当厨子的好材料。

馋人走四方

黑河美食考古

这是在下的中华美食行——黑河站。从北京到黑河的班机，经停哈尔滨，只需三小时，但我想看看黑龙江大地。从哈尔滨到黑河，六百公里的高速公路，让我真正领略了什么叫“辽阔”，那就是远超过想象的宽大与平坦。路左是大豆，路右是玉米，各自直达天际；远处是葳蕤的杨树林环绕小村庄，粉红色屋顶，羊群似的大白鹅，偶尔能看到一个农人，驾着小型农机。日本明治中期，军国主义分子教育小学生时常用两个方法，一是给他们吃一只天津鸭梨，然后告诉他们，若想再吃到这等好东西，就得占领“支那”；二是在学校突然停止供应豆腐酱汤，说制豆腐和大酱的原料是大豆，若想酱汤这种日本国粹不断绝，必须占领盛产大豆的“满洲”。

我对黑龙江一直充满了向往，黑河市就在黑龙江边，对面是俄罗斯的布拉什维申斯克市。我们到达黑河国际饭店已经是深夜，从酒店的窗子能望见对岸城市的灯光。不想，凌晨3点天已大亮，我翻身再睡，6点时却被阳光晒醒，再向窗外望去,江堤上已出现许多晨练的市民,有些人手中还提着菜篮。我立刻清醒:黑河美食,我来啦!

一、吃得比皇上好

关于黑河的美食，从第一天开始就变得好像是烹饪考古。国际饭店的自助早餐不花巧,干净实惠,四顾之下,一凉一热两道菜勾起了我探古寻幽的瘾头。这道凉菜是“糖醋樱桃肉”，用猪外脊切丁挂糊炸至金黄，红釉和糖醋盐炒汁至浓,入肉丁翻勺即成,凉食有樱桃味。这是清代宫廷著名的凉菜之一,据《盛京照常节次膳底档》载,乾隆四十三年东巡盛京,八月二十七日晚膳,“用折叠膳桌摆……糖醋樱桃肉一品(张东官做)”,这张东官据传是乾隆皇帝最喜欢的御厨。另一道热菜是干辣椒炒绿豆芽,万不可小瞧此菜,因为它其实是清代东北满汉全席中著名的“满洲八小炒”之一“御府掐菜辣子”。“掐菜”就是掐掉两头的绿豆芽,昨晚在黑河辖下的北安市打尖,就有一道黄花菜炒绿豆芽,新鲜完整的黄花菜和绿豆芽都只有一寸多长,短粗矮胖,肥美多汁,根本用不着掐去两头。说到绿豆芽,1900年“拳乱”,八国联军攻占北京,慈禧皇太后仓皇“西狩”,走了三天才到怀来县衙,中途只吃了三个鸡蛋,于是她进门便拍着上房的梳妆台要吃饭。县令吴永忙命下人备饭,菜里有一道虾干炒绿豆芽,慈禧吃得高兴,要赏厨子,叫来问这菜是否有菜名;厨子福至心灵,回曰“金钩挂银条”。老太后见厨子识趣,加上县令吴永办差得力,便将他们二人带着随驾西行了。此种人生际遇,必定有人说闲话,罗惇融的《拳变余闻》中说“吴令进燕席”。这应是道听途说，那一刻县令吴永是仓促接驾，乱兵如匪，再加上老太后拍着桌子闹饿，只能有什么上什么，不可能准备清末官场的头等宴席——燕菜席。当然，吴永的回忆录《庚子西狩丛谈》里，他自己并没提“金钩挂银条”的事，读者只当是件野史趣闻吧。

帝王之家以天下养，到了清代御膳已经登峰造极，每年全国各地的进贡不计其数，唯东三省进贡负担最重，因为，除了猪羊鸡鸭等常用之物外，御膳使用最多的原料就是鹿狍獐熊和鲟鱼、鳇鱼、白鱼等满族的“家乡土产”。到如今，昔日的皇家贡品，除受保护的野生动物外，都已成了黑河美食之旅的特色菜。说来黑河旅游吃得比皇上好，这绝不是大话。其实，明清两朝皇帝最可怜，每日虽然食前方丈，肉山酒海，但绝大多数皇帝一辈子都没吃过黄瓜茄子扁角芫荽等最普通的时令菜，这是因为太监和御厨们有一整套经过几百年总结，完备细致的传世心法，除了拿耐存储的红白萝卜、蔓菁疙瘩、干豌豆和大白菜对付皇上之外，绝不能让皇上知道世上还有无数美味可口的“时令菜”，否则就没办法伺候了。大臣和后宫娘娘们也明白这个道理，于是大家合着伙儿蒙皇上，谁不参与，就等于坏了众人的事。哪怕是皇上从书上或从什么地方听来一耳朵某种菜品，提出来想尝尝，当即便会有一大群言官上书强谏，什么祖宗成法，家国天下等等都是正理，绝不能让皇上的口腹之欲得逞。这也就难怪乾隆皇帝南巡经过常州天宁寺，蹭和尚的素斋吃，大赞曰：“蔬食殊可口，胜鹿脯、熊掌万万矣。”

黑河早餐的粥品、点心也有出处，苞米粒粥、小米粥，见“宣统三年野意膳房九月初七日早膳菜单”，而文化米粥（白高粱米）则可以在溥仪自传《我的前半生》中找到线索。主食木樨饭（蛋炒饭）、肉末烧饼、咸炸油果（油条）和戗面馒首都是每日清宫饽饽桌上必备的点心。据清宫档案记载，宣统二年（1910年）九月，五岁的溥仪加上近侍大臣，月例与添菜费合计共14794.19两白银，可见贪污浪费之严重。而光绪皇帝庚子年跟着慈禧太后逃难时，据说手中紧紧抱着一只从县令吴永家拿来的首饰匣，从不松手，连同车的皇后也不让看。到了太原稍感安定时，有皇上身边的太监发现，首饰匣里其实是两枚干裂欲碎的烧饼。

旅游到黑河，杀猪菜一定要尝尝，没别的原因，肉好。黑河的家猪常会发生与野猪杂交的情况，正因为如此，几百年来，黑河猪肉的味道非但没有退化，反而有所进步。猪肉是清朝宫廷饮食中最重要的肉类，太监信修明《宫廷琐记》载，慈禧太后每日食用份例中，“盘肉（猪肘）五十斤，猪一口、羊一只”等等，除此之外，内务府每天还要向太后奉献猪一口、羊一只等等。通常，每月初一、十五，皇后祭祖，在坤宁宫的大锅中要烹煮两口整猪，献祭之后，还要赏给亲近重臣食用。《翁同龢日记》中常会出现“今日食肉”，就是被赏食祭肉的意思。据说祭肉没有调料，王公大臣便偷偷夹带咸盐，或向太监讨要一点他们用宫中丢弃的点心自制的甜面酱，蘸食。当然，也有初次进京朝拜的蒙古王公，蒙恩赏食祭肉，欣喜若狂，便用昂贵的平金绣蟒袍下摆兜着祭肉狂奔还家，祝告祖先。在外人看来这等举动好笑，其实对他本族和本人来讲，这却是件再庄重不过的大事了。那么皇后亲手烹煮的祭肉到底是什么呢？就是今天的白肉。到如今，东北的“酸菜白肉”传遍五湖四海，而黑河的酸菜白肉更是此中翘楚，白肉腴而不腻，酸菜爽脆开胃，两者相配，是馋人的最爱。你若是冬天来黑河作客，会越发有趣。窗外积雪盈丈，室内温暖如春，主人将冻硬的白肉刨成肉刨花，主妇备料，紫铜火锅柞木炭，酸菜白肉粉丝冻豆腐，你手捧高粱烧酒，心中如白云出岫，感谢生活的念头必定油然而生。

二、江水炖江鱼

参观过瑷珲历史陈列馆，我来到黑龙江边看清朝1908年建的瑷珲海关旧址。海关是青砖建筑，门窗拱形起券，顶上是一排装饰性的小城垛和胸墙，正门门楣上“大清国瑷珲海关”被“人民公社”四个大字代替。这反正都算是历史遗迹，留着挺好。海关外就是黑龙江，此处江面不宽，水流挺急。江对岸的俄罗斯境内密布杂树林，只有一座木制瞭望塔，看不到人，而那里就是1900年被沙皇俄国血腥侵占的“江东六十四屯”，面积3600平方公里。

不远处的江堤上停着一辆厢型货车，江边支着两副鱼竿。三个中年男人正围坐在一块大石边喝酒，第四位躺在车里睡觉，想必已经喝了一阵子了。他们是这里的常客，每个人都晒得面色黑红，东西准备得也齐全，液化石油气罐、灶和小板凳，石桌面上是青葱、黄瓜、萝卜缨子和苦菜等山野菜，碗里有鸡蛋炸酱，这是蘸酱菜。铁锅里是已经烧熟的半锅鱼，看起来像嘎牙子（学名黄颡鱼）、牛尾巴子（学名乌苏里鮠）、鲫瓜子（学名银鲫）等，很杂，都是上午从黑龙江里刚钓的，收拾干净，舀半锅江水，把鱼放进去，加两勺大酱，几根葱，再用石头砸碎一块生姜丢进去，烧开锅炖一会儿，就成了。这就是"江水炖江鱼"，没尝过的人万不可妄议。黑河的汉子热情似火，他们从十升装塑料桶里为我倒了一满杯小烧，我喝了一玻璃杯烧酒，吃了两条鱼和一根大葱，因此可以说，什么是"振衣千仞岗"，什么是"濯足万古流"，在黑龙江边都是等闲小事，更重要的，是这里鱼鲜美，人热情，风凉爽，天高蓝，地广大。

黑龙江省是多水系的高寒地区，江河多，湿地多，因此鱼也多。由于鱼类众多，人们便将日常喜食的品种用"三花五罗十八子"来统称，若当真问起来，本地人也很少有能将"十八子"说全的。黑龙江里最珍贵的是鳇鱼、鲟鱼和鲑鱼（俗称大马哈鱼或称三文鱼），但清朝内务府派驻黑龙江的"打牲乌拉衙门"每年送上皇帝餐桌的却都是鱼干。这三种鱼不在"三花五罗十八子"之内，目前已极稀少，即使有少数漏网者洄游黑龙江，也是在俄罗斯界内溯游而上，因为怕了中国渔民。据说，向清代皇帝进贡的鲜鱼只有一种，是东海的大黄鱼，鱼头中有两颗坚硬的石头，又叫"石首鱼"。每年四月末五月初，大清国的闽浙总督就派人往京里进贡大黄鱼，用木桶装盛，泡在淡盐水里，水陆日夜兼程，到京至少五天，黄鱼早已腐臭。照例贡品是必须要上餐桌的，侍膳的太监早收了闽浙总督的银票，自然将发臭的大黄鱼藏在肥鸡大鸭子后边，离皇上远远的，眼不见为净。其实，早在一个多月前，天津的平民百姓和京城的达官贵人们就已经开始大吃黄鱼，但他们吃的是渤海出产的小黄鱼，味道比大黄鱼更鲜美，只是鱼刺稍多一点而已。因为在春天打雷之前，小黄鱼极多，价极低廉，天津最穷的人也绝不肯错过这等时令美食，于是留下“当当吃海货，不算不会过”的天津民俗。当然了，皇上也不是不知道世上有鲜鱼，但御膳房菜谱里没有，那是祖宗的规矩，不能改；另外，皇上也怕史官在《起居注》中记上一笔：“上思食鲜鱼，臣工廷争，上怒。”为了口吃食让后代人笑话，皇上也实在丢不起这人。

这次在黑河，我吃到最多的是黑龙江出产的鲤拐子（鲤鱼）、草根棒子（草鱼）和鲢子（白鲢），毫无土腥气，肉质紧密，与养殖者有天壤之别。但印象最深的，是我尝到了雅罗鱼和岛子鱼。黑龙江的雅罗鱼是鲤科鲤形目雅罗鱼属的瓦氏雅罗鱼，成鱼半斤重。别看它长得面善，其实是冷温水中的肉食动物，所以它的肉才会丰腴多汁。据说当年黑龙江中雅罗鱼极多，但因为这种鱼脂肪多，极易腐败，没办法贩销外地，多半都是渔民自食。如今，在细网眼的“绝户网”反复扫荡之下，雅罗鱼已成为珍品。酱蒸雅罗鱼，淡淡的酱，鱼身仍然很白，在腰部斜着一刀两断，每人半条。我没抢上鱼头，只吃了鱼尾，肉极细，极鲜甜，没有鱼腥味，只有千里长川，浩瀚黑水的山野田园之气。

中国最著名的四大淡水鱼是黄河鲤鱼、松江鲈鱼、松花江鲑鱼和兴凯湖白鱼。我在黑河尝到的岛子鱼,就是白鱼,学名翘嘴红鲌,与兴凯湖白鱼(青梢红鲌)同属。它的伙食比雅罗鱼高级,主要吃白虾,因此也就更名贵了。这种鱼最大五公斤,我吃的这条一公斤多些,长约尺半;它每年的生长季节极短,长到这么大,应该得三四年吧。黑河清蒸白鱼,肚子里塞上姜片,鱼身上放两支老山芹的嫩茎叶。味道怎么样?不用细说了吧,水越冷,长得越慢,鱼的味道越美。最令我惊奇的是,这鱼居然有股奇妙的香气,似麝非麝,是股山岚之气。细一想便明白了,这是老山芹的香味通过蒸气浸透到鱼肉中。老山芹学名"东北牛防风",全株入药,味甘辛,性凉,有抗辐射、降血脂血压的功效,维生素 C 含量超普通蔬菜的几十倍,是黑河著名的山野菜之一。当然了,作为食材,最重要的还是老山芹独特的香味和药效,与高脂肪的冷水鱼可算是绝配。黑河人讲,有时他们也会用百里香蒸鱼,五大连池黑色的火山岩上,长了许多这种开着紫色小花的香料,最是除腻去腥。元朝的《居家必用事类全集》记载,烹调腥膻的驼峰驼蹄,非百里香不可。还是接着说鱼吧,中餐有一道名菜叫"赛螃蟹",鲁菜用黄鱼,浙菜用鳜鱼,平民百姓用草鱼,但用的都是鲜鱼。清宫中有一道菜叫"赛蟹肉",是"打牲乌拉衙门"将白鱼蒸熟去骨后阴干,鱼肉就会变成洁白的丝絮状,送到宫中御膳房,回锅略蒸片刻,请皇上蘸姜醋汁食用,能吃出蟹肉的鲜味与口感。据传言,清嘉庆皇上登基,大贪官和珅因为比皇上先吃白鱼,便在众多罪名中又加上"擅专贡品"一条。当大臣的敢跟皇上争嘴吃,杀头抄家是早晚的事。

黑河的美食还有很多很多，不论是普通游客还是专精的食家，也不论四季何时，到此地住上几日，干菜鲜菜山野菜、红黄蓝白各色浆果、狍鹿犴鹿野猪等饲养野味、“三花五罗十八子”等什锦河鲜，烹调方法也是各宗各派，还有俄罗斯西餐可以换换口味。每到傍晚，醉饱之余，你可以沿黑龙江堤施施然鼓腹而游，似串珠般的十几个小广场上，唱歌跳舞、民间艺术、放灯摄影、诸般游戏，可观赏，亦可参与。用一句俗烂到家的话说：黑河是个宜人的小城，短寓长居，主客两便。

左手拍鸟　右手美食

5月20日。从天津开车到盘锦市大洼县,全程将近五百公里,我在京哈高速的葫芦岛休息站睡了一个多小时,赶到二界沟镇时天已经大亮。农家旅舍的主人老何七十来岁,红脸膛,话不多,见面只问了句:先吃早饭,还是先补觉?我问:黑嘴鸥来了吗?老何:看见天上过“雁阵”了。

作为讲故事为生的人,我只能于孤独之中与自己搏斗,要想在这种随时随地都可能让人崩溃的较量中坚持下来,就必须得给自己找一个宣泄口,于是选择了鸟类摄影。美国的《生活》周刊虽然已经被互联网挤对得停刊了,但它创造并将其推向辉煌的“摄影故事”仍然影响着一代又一代摄影人。今年,我打算像尤金·史密斯拍摄《水俣》或《乡村医生》那样,拍摄一组《黑嘴鸥的故事》,以此作为对我辛勤工作的犒赏。

老何给我摆上早餐:“秧奔小满谷奔秋”,该插秧了。我:您种“蟹田稻”?老何:我是“渔雁”的后人,只会打鱼,不会种田。我:“渔雁”是什么人?老何:苦人儿。今早我还有要紧事,便按下好奇心,匆匆吃下大米粥和鸡蛋饼,开车沿着滨海大道,直奔双台子河口湿地。我的目标黑嘴鸥,已经列入国际鸟类保护委员会(ICBP)世界濒危鸟类红皮书。双台子河口是黑嘴鸥最重要的繁殖地,占全球种群的70%,据说有一千只左右。

从二界沟前往双台子河口,滨海大道右侧是著名的盘锦大米稻田,果然有农民驾驶着农机在插秧;而大道的左侧,则是更著名的"红海滩"。这一带是辽河与大辽河入海口的冲积平原,沿海的泥滩上,藜科植物碱蓬草刚刚开始抽茎长叶,要到下个月才会开花。这种植物是黑嘴鸥繁殖地必备的条件之一,《救荒本草》称,春荒时节,碱蓬的茎叶可食。今早老何做给我吃的鸡蛋饼,便是加入了正当时令的碱蓬草嫩芽茎,鲜软可口,被蟹田大米粥的浓香激发,居然有股海鲜的味道。

植物学家说,海水只有保持在一个极苛刻的咸度区间,绿色的碱蓬草才会变红。五月的碱蓬草刚长出来,每天两次的海潮浸润,让它呈现出淡淡的"品红"色。"壮观"这个词往往来源于对象的巨大规模,十八公里长的"红海滩",驾车沿着海岸线一路西行,泥滩逶迤,沟坎丘池被海潮将起伏之处抚摩得柔和到极处。再往前行,海滩的颜色由新绿渐成红绿相间,慢慢的,红色铺展开来,一丛丛椭圆形状的嫩绿也变成刚长出来的芦苇,然后,海滩仿佛被粗心人用一整幅红色轻纱随意地覆盖起来,褶褶皱皱,浓浓淡淡,没有刻意的痕迹,却是天然的图画——这只是"红海滩"春天的景色,少女的颜色。碱蓬草颜色最秾艳的时间是在每年的八月,届时整个海滩都会变为成熟的胭脂色，如同身怀六甲的美艳孕妇。当然，到了深秋时节，还是这片海滩，仍然是这些碱蓬草，却已经变为沉稳的赭石色，如同阅尽人间事，却又容颜不衰的妇人，静候冬天的到来。据说，这般巨大的红色海滩，全球只此一处。

黑嘴鸥的繁殖地在红海滩西边双台子河口左岸，那里很少游人，泥滩起伏较大，紧邻大片的芦苇荡。我用三脚架支起单筒望远镜观察，发现往年能见到黑嘴鸥的几个土墩，像是被燕鸥占领了。它们头顶上的羽毛，像顶黑色的圆帽，尾巴开叉很深，精力旺盛，吵吵闹闹，上下翻飞，好似一群化妆品推销员。这些家伙是来觅食的，翻飞间会突然停在水面上方一两米的地方，接着猛然下坠，钻入水中，然后便衔着一条小鱼冲出水面，双翅急扇，向河口右岸飞去。燕鸥通常在沼泽地的沙丘上筑巢，不会与黑嘴鸥争夺繁殖地，只是，它们的到来会不会将数量稀少的黑嘴鸥驱赶到别处呢？我有些担心。黑嘴鸥虽然与其他海鸥混群飞行，但不会在一起筑巢。它们通常是一小群聚集在一起筑巢，就在这片碱蓬草生长的泥滩上。

观察了一个上午，只有普通海鸥和燕鸥，没发现黑嘴鸥，莫非它们今年北飞迁徙推迟了？我在附近的小饭馆吃午饭，一荤一素一碗盘锦大米饭。素菜是苦菜蘸大酱，明天是“小满”节气，《周书》云：“小满之日苦菜秀”，此时吃这道“穷人菜”最是应时当令。荤菜是本地名菜“鲜海蜇炖肉”，这家的肉块硕大，一寸多厚的肥膘说明是正经好猪肉，浓香得糊嘴。最好吃的还是鲜海蜇，切成骨牌块，三四分厚，四棱边线被肉汁炖得黑红，如同表皮柔韧的果冻，咬在口中，海蜇里的汁液一下子便迸溅开来，在你的舌尖、齿颊激荡，于是，海洋的渔业滋味与烧肉的农耕滋味先是相互战斗，然后交融，这就如同道家的“出世”与儒家的“入世”在人们的欲望之中发生的争夺一样。

下午我换了一个观察地点，距离芦苇荡更近了些。这里是淡水与海水的交汇处，饵食丰富，是著名的河刀鱼洄游产卵的必经之地。两只苍鹭站在浅水处，长长的脖颈缩入肩胛，眯缝着黄绿色的眼睑，单腿站立，另一条腿蜷在腹下，一动也不动，像是两名身穿灰色风衣的间谍在接头。望远镜里，仍然是吵闹的普通海鸥与燕鸥，上下翻飞，啄食泥滩上纽扣大小的招潮蟹和海肠子（单环刺螠）之类的软体动物。黑嘴鸥还没出现。

我认为，拍鸟是个比钓鱼更考验耐心的体育运动，急功近利在此处是最大的陷阱。我装上三脚架和云台，400mm f/2.8L 定焦镜头，对准那两个“接头的间谍”，照相机设定为慢速的每秒三张连拍。连拍太快了相机会震动，影响照片品质。我想拍下苍鹭如闪电般伸头入水，捕捉河刀鱼后出水的瞬间。

光线不是太好，远处有积雨云在聚集，朝着我这边缓慢移动。成群的海鸥从远处飞回来，高高地在海边盘旋，叫声刺耳。今天会有暴雨吗？我掏出手机看了看本地天气预报，是“多云间晴”。然而，我更相信海鸥的预感，因为海鸥的骨骼是管状的，里边不是骨髓而是空气，这是天生的气压计。同时，海鸥翅膀上的每一根空心翎管，也同样是一个个微型气压计。

起风了，风从积雨云的方向吹来。苍鹭头顶和枕部的四根细长的黑色羽冠，像辫子一样被风吹得颤抖，但它仍然一动不动。突然，一瞥之间，我好像在乱飞的海鸥群里看到了异样的“头部”。黑嘴鸥的头部非常鲜明，从头至颈像是戴了一顶黑色的头套，眼睛上下方各有一条弯月形的白斑，在后眼角处交汇，衬托得它的眼睛又大又亮。我再用望远镜追踪寻找，普通海鸥和燕鸥太多了，黑嘴鸥的习性是与它们混群飞行，很难被发现。再看苍鹭，难怪老百姓叫它们“长脖老等”，它们仍然一动不动，好似间谍的接头与谈判陷入了僵局。我按了一下遥控器，拍下苍鹭“接头的僵局”，构图没有特别之处，废片。

燕鸥和普通海鸥短促、单调的鸣叫声越发刺耳了，积雨云已经到了我的头顶，天光暗下来，再等一会儿，即便发现黑嘴鸥，也没办法拍摄了。蓦地，苍鹭蜡黄色的长嘴微微一动，我捏紧遥控器，就在它的头标枪一般伸出的瞬间，我接连按了三次按钮，拍下九张照片。这只苍鹭口衔一条半尺左右的河刀鱼飞向苇塘，而另一只苍鹭却仿佛老僧入定，连眼睑也没动一下。

燕鸥成群地向河口右岸飞去，想必是归巢了。普通海鸥也飞落到泥滩上，尖叫着挤来挤去。天空中只有少数几只海鸥，飞得高高的。暴雨当真要来了，海鸥的本能不会有错。我刚刚将摄影器材装车，风夹杂着豆大的雨点便将车顶打得砰砰作响，紧接着，雨水似瓢泼，疾速摆动的雨刷器和雾灯仅仅使我能够看清道路上的白线。

我驾车从西向东返回二界沟。十八公里的海滨大道上，没有车辆，没有游人。海天一片烟灰色，雨点在路面上激起成片的水泡，并且如打击乐般击打我的车顶，让汽车成为共鸣箱。我戴上太阳镜，以便在雨中看清道路，然后打开车上的播放器，将音量开到最大。威尔第的《希伯来奴隶大合唱》与雨声相激荡，让我感觉寒毛倒竖，生出挣脱十丈红尘的捆缚，赢得灵魂自由的狂喜。虽然这仅仅是片刻的狂喜，但作为世俗之人，我已经感觉很幸运了。走出"日常"，便是赢得自由的第一步。

不知黑嘴鸥明天会不会出现。

老何家今晚只有我一个客人，他便与我同桌共饮。我：清蒸河刀鱼比干煎的好吃。老何：五月洄游，河刀鱼最肥。我吃鱼的水平颇高，将细密的鱼骨整齐排列在盘边。老何吃得境界更高，鱼骨从他的嘴角右侧一根根冒出来，坠落在桌上，形成晶莹的一小堆。我敬老何：请您讲讲"渔雁"的事。他一口干掉杯中酒："古渔雁"不喝酒，到我父亲那一代还不喝，因为海上生涯凶险得很，处处要人命；我这一代早早就上岸了，船也先进，所以开始喝酒，小青年们喝得更凶。我：什么时候有的"渔雁"？老何：这就难说了，老一辈人说，辽河口的"渔雁"当年到越南卖卤虾，到俄罗斯卖毛虾。我：够远的，就靠一只小帆船？老何："古渔雁"走得更远，几百年前，我们有世界上最先进的帆船，北到白令海峡，南到马来群岛，还有人说，当年郑和下西洋，引路的都是"渔雁"。

坦率地讲，我难以想象古代中国在海上的强盛。中国百年近代史是被列强从海上多次击败的屈辱历史，近几十年，我在学校接受的教育，也是强化对这段屈辱历史的记忆，祖先的荣耀反而被弱化为简陋的“四大发明”。老何：祖先走南闯北的传说，是“渔雁”的珍宝，我们不比那个发现美洲的外国人差，这些都不能忘啊，忘了志气就衰了。

5月21日，小满。早晨起来，我发现老何在我的汽车前盖上摆放了鱼、肉、香烛和一大碗清水。老何引领我在车前作揖行礼，然后将那碗水浇在四只车轮上。我：我听说，小满“祭车神”是南方的风俗。老何：“渔雁”走的地方多，风俗也就杂了；祖辈说，祭“车神小白龙”是从宁波那边带回来的风俗，祭水车、纺车、油车；“渔雁”的后人有些改行种地了，便把这风俗拾起来用。我：汽车不在这“三车”之内吧！老何笑：“迷信”也得与时俱进嘛。话少的老何居然有幽默感，这让我很开心。我与他约定，一个月后黑嘴鸥孵化幼雏时，我们再见。

我又来到昨天的观察点，天色如洗，海水灰蓝，远处的碱蓬草似乎比昨天的颜色深了些，变成一片“酡红”。燕鸥和普通海鸥继续昨天的翻飞，没有队形，叫声刺耳，是无所顾忌的自由自在。两行灰雁排着“人”字队形，在高空中向北飞去了，看它们那不紧不慢的姿态，便知是惯飞长途的游子。苍鹭也来了，一小群，疏疏落落地散布在浅水区，有的在踱步，有的单腿站立不动，像是衣装单调且无可挑剔，表情冷漠又内心凶猛的投资银行家的聚会。芦苇荡的方向传来铜管乐般嘹亮的鹤鸣，应该是丹顶鹤。

黑嘴鸥还是没有出现。没出现就没出现吧，我想，不论我是否在此等候，早晚它们都是要来的。我对风行于世，害人不浅的“成功学”深恶痛绝，所谓“目标管理”，绝不是那些人宣称的步步清楚明确的人生规划，而应该是在模糊的大方向上不断的自我探索，发现自己“真的想要什么”。我来拍摄黑嘴鸥，它们没来，我这一次旅行就没有意义了吗？绝对不是，至少，部分的意义已经在昨天的暴雨和《希伯来奴隶大合唱》中显现了。

于是，我转移到芦苇荡边，那里立着一块木牌，上边写着，每年五月和六月，是鸟类繁育期，禁止游人入内。我在木牌边架起照相机，600mm f/4L 定焦镜头。我慢慢移动镜头，从取景器中看到，一只杯状的鸟巢在距离水面两尺多高的地方将三根芦苇编织在一起，巢中有三枚蓝绿色的鸟蛋，上边缀满橄榄褐色的斑点。小巧的鸟巢主人飞回来了，卧在鸟蛋上。它长得一点也不好看，淡棕色的头部警觉地转来转去。这是大苇莺，我将焦点对准它的眼睛，按动快门。镜头再转，一只雌彩鹬在浅水中踱步而来，青铜色背羽，栗红色颈项，长嘴褐黄，眼睛像是被粗心的化妆画描了个大大的白圈，然后又向脑后甩了一笔……

据鸟类学家统计，大洼县的芦苇荡中有二百六十多种十几万只鸟类。所有这一切，都能成为我的快乐，我又何必执着于黑嘴鸥不放呢？镜头再转，在苇塘深处的一小片空地上，如同大明星出场一般，两只丹顶鹤在起舞。

除了看纪录片，这是我第一次亲眼见到传说中的“鹤舞”，而且是求偶的舞蹈。丹顶鹤通常是在四月底求偶，怎么这两只会晚了一个月？我用镜头仔细扫描那片空地，没有发现“浮巢”，这越发证实了我关于求偶的判断。再仔细看，这两只鹤无羽的头顶已不再是朱砂红，而是堆垒了褶皱的褐红，上边还散布着一些老年斑似的黑红色斑点。再往下看，颊、喉和颈部的黑羽不够整齐顺滑，时有残缺之处。丹顶鹤出生第二年性成熟，寿命长达五六十年。这是两只老鹤啊，难怪它们这么晚才找到繁殖期的配偶！

雄鹤蓬散开长而弯曲的黑色飞羽，双翅振动，同时昂起头，伸长脖颈，将长喙指向天空，发出短号般金属音色的长长单音“酷——”雌鹤没有振动双翅，但同样昂首，发出短促却清亮的鸣叫“呵—呵—呵”。丹顶鹤的鸣管大约有一米长，末端卷曲如环，盘缩在胸骨间，因此，它的鸣叫声能传出四五公里。

雄鹤全身绷紧，向雌鹤低头，脚下踏着优雅的步子，环绕雌鹤振动翅膀。雌鹤随着雄鹤原地转动，长声接短声，鸣声如间。雄鹤展翅飞起，盘旋片刻，弯腰俯首于雌鹤，紧接着举首长鸣，声音震颤。雌鹤短音促促，与雄鹤的“二重唱”接近协调。接下来是一连串令人眼花缭乱的展翅、跳跃、弯腰疾行、屈背鞠躬、跳踢，最后，双鹤脚下踏着细碎的舞步，交颈环绕而行，接着同时伸颈举首，长短高低的鸣叫声里，充满了惊喜、愉悦、开怀欣慰与知足常乐。

我拍了许多照片，并且流下热泪。然而我知道，没有亲眼得见，没能亲耳听到，不论我怎样描述，都很难理解这段老鹤的舞蹈。通过照片观看不行，拍摄视频也不行，这种亲临其境的感同身受，突然降临的悲欣交集，是人生在无数“渣滓”积压和拖累之下，蓦然被美与悲凉的媒介点燃的光亮。

回程的路上，我在车中播放威尔第的《震怒之日——号角响彻四方》。我还会再来，黑嘴鸥不再是主要目标，而是变成了自我寻找的旅伴。我此刻期望的只有一件事，愿有理想者达成愿望，不是唯一、切实、可量化的目标，而是美好、利人、愉悦与满足的感觉。

湄潭食萃

我对贵州印象极好,特别是那里的食物和风景。每思及此,我又常常为之感觉不公,中国“八大菜系”之中为什么少了“黔菜”,但转念一想,贵州山高水长,气温变化大,物产之丰富在常人想象之外,再加上多民族杂居,烹饪和调味方法千差万别,确实很难用“菜系”将其概念化和系统化。不过,因为当今交通发达,“八大菜系”早已遍布全国,不论如何花样翻新,其形态上确实已经陈旧,滋味和烹调方法上的相互影响和渗透,也使其各自的特征不再鲜明。从这个角度来看,“黔菜”正是因为当年未曾遭遇“册封”,如今反而等到了一个给食客惊喜的机会。

我曾去过黔东南和黔西北,今年四月中旬我又做了一次短游,只去了一个名字富有诗意的小县——湄潭。它在黔东北,遵义辖下,两个月后高速公路才能通车。我这次赶在大批游客之前的探访,无非是老饕思维,就是想要抢先品尝当地的特色美食。

四月的湄潭，气温仍然很低。四望所及，山岭沟壑之间，从深得发黑的苍翠，到嫩得滴水的初绿，是深深浅浅各个层级的绿色。鹅黄色的油菜花和胭脂水般的樱花刚刚谢了，路边和地头上开满了一元硬币大小的紫云英，它是那种朱砂中落入一滴靛青的颜色，润而无光，绒绒的搔到观花人心中的痒处。再往山腰上走，就能发现草丛、树脚间极肥嫩的蕨菜，当地人叫“蕨苔”。蕨菜在中国出名，是因为日本人。上世纪三十年代日军侵华，在华北发现了这个菜品；上世纪八十年代，他们派人在中国投资贸易公司和加工厂，将新鲜的和加工包装的蕨菜运回日本，大受欢迎。湄潭的“蕨苔”紫茎绿蕾，没有木质化的粗纤维碍口，咀嚼间不须吐丝。这大约是我尝过的最好的蕨菜了，单是为此，也宜专程前来。紫云英蜂蜜是本地特产，还没到割蜜的时候，此次没能尝到，正好也是下次前来的理由。

贵州著名的“折耳根”，即使我在山间看到，也不会认识，但我却是北方少有的折耳根爱好者。折耳根就是中药鱼腥草的根，一节一节的，老象牙色，是湄潭人每日必食的至爱。我第一次吃折耳根是在黔西北，自负美食家之名，面对久负盛名的菜品，不能不下箸，也不得不下箸。折耳根第一次入口，当真是生食新鲜淡水鱼肠的味道，情急之下，我忙伸箸到邻近盘子里挑了几粒油炸黑豆来冲淡口中的腥味，不对，这不是黑豆，细看之下，原来是一只只黑色的甲虫，嚼碎后迸发出来的是保定驴板肠、北京王致和与瑞士蓝纹干酪混合在一起的浓郁味道，第一口吓人，第二口迷人。贵州的菜品每每让人吃惊，它的有趣之处也正在于此。遗憾的是，黑甲虫只尝到了这一次，折耳根却与我结下不解之缘。据说，折耳根不能用金属刀来切，只能用手折断，或是用竹刀来切，以免败其风味。搜寻美食的最高境界有探险的乐趣，这一段日子“禽流感”闹得人心不安，鱼腥草有清热解毒，消炎消肿的功效，到湄潭尝一盘凉拌折耳根，既可算是美食探险，又可算是预防在先，一举而两得，不亦快哉。说到预防流感，湄潭还有一道美食不可不谈，那就是“柴胡”。《汤头歌·小柴胡汤》曰：“小柴胡汤和解供，半夏人参甘草从；更用黄芩加姜枣，少阳百病此为宗。”这是医圣张仲景的方子，清透并行，祛邪扶正，其核心的一味药就是柴胡。天下良药多产自云贵川，当年旧式中药房门外常挂招牌，“丸散膏丹，云贵地道药材”。然而，我们不知道的是，有些药材在湄潭是当作时令小菜来应市的。至于说柴胡的味道，《红楼梦》中贾宝玉说“煎点儿药香”可不是酸词儿，因为药香在中国文化中具有强烈的隐逸品位，非高士不能欣赏。凉拌新鲜柴胡芽叶，酸辣调味，入口确有淡淡的药香，很容易让食者产生隐逸脱俗，或是与病美人谈情的联想。

人们通常将黔菜的味道概括为“酸辣”，其实，黔菜的调味品非常丰富，有些菜品甚至像印度菜似的有调味过度的嫌疑。常言道：“盐从哪咸，醋从哪酸”，不能充分体会调味品，自然无从体会一个地区食物最深刻的意味。还是简单地举两个例子吧，这样更直观些。例一：糟辣椒，这是酸辣兼备，湄潭人无法割舍的家乡情怀。糟辣椒生熟荤素皆宜，这次我尝到过一种配菜的调味品，是将糟辣椒和干豆豉切碎油炸，出锅后拌入少量折耳根粒。这种调味品配什么菜我忘记了，但印象深刻的是，里边的折耳根不但没有一点点腥气，反而在舌尖上生出了蔬菜中近乎理想的鲜美，而且是那种“曾经沧海难为水”的强烈感受。例二，酸脌肉，从字面上看，这应该是“祖宗得以血食”的遗风，在薄薄的肉皮和细若一线的瘦肉之间，是一寸多宽的肥膘，切成三寸多长的薄片，裹上米面蒸熟。配这道菜的调味碟有干辣和糊辣，还有漂浮着鲜辣椒筒的酱油，我是个勇敢的食客，卷了一片酸脌肉径直纳入口中。这片肥肉没有咀嚼脂肪常会生出的油腻感，微酸微咸，是本真的猪肉香。据本地人讲，酸脌肉是将肉块抹盐浸酒，然后纳入坛中发酵而成，脂肪早已在发酵过程中流失了。这就是烹调的力量，是经验的力量，也是想象力的胜利。

湄潭的四大特产是烟酒茶米。我在贵州尝到过两种独特的大米，一种是黔东南的从江香糯米，另一种就是湄潭的茅贡米，但因为产量小，价格高，真品少，就不向食客们推荐了。春天来湄潭，喜爱美食的人有福了，可以尝到清明粑，每年只这几天会有。这是在米饭中加入清明菜打成糍粑，然后蒸制而成，颜色很像是翡翠中淡而诱人的“黄杨绿”，且味道清香。这种食物浙江也有，叫“蓬俺”，加入的是艾草，成品色重发亮，颜色像翡翠中深沉厚重的“菠菜绿”。既然谈到米面食品，就绕不过湄潭的米豆腐和米粉。米豆腐是大米浸泡磨浆，加碱熬制，冷却成块，形似豆腐，有黄绿两种颜色，凉食热食皆宜。我尝到的是凉拌米豆腐，配料有盐菜、折耳根、香菜、酥花生、酥黄豆等许多种，口感爽利，是非常出色的开胃前菜。至于湄潭最著名的牛肉粉、羊肉粉和酥肉粉就不用多说了，因为早已名声在外，此处只推荐两种难得一见的食物，豌豆粉和豆花面。豌豆粉是用豌豆制成的粉丝，青黑发亮，近似于唐代宫女画眉用的“黛色”，凉拌食用，与北京豌豆黄绵软甜细的口味恰恰相反。豆花面则是将滚烫的豆浆浇在煮熟的面条上，配一小碗肉丁和香菇烧制的“臊子”，是绝妙的早餐。当然，吃早餐必须得有主食，湄潭有两种非传统但极著名的早餐主食，名字很时尚，一种叫“丝娃娃”，是用米浆烙成薄如棉纸的薄饼，大小如手掌，用它将腌萝卜、黄瓜丝、折耳根、萝卜丝、海带丝、粉丝、糟辣椒等大约二十种馅料包裹起来，形状如同“襁褓”。“丝娃娃”这个名字就是来源于它可爱的形状。食用此物技巧颇高，必须捧在手中小心翼翼，以免洒汁露馅。另外一种叫“蛋裹辉煌”，听上去很像“战果辉煌”，是用摊薄的鸡蛋皮裹上炒洋芋（马铃薯），样子好看，味道好吃，而且还讨了个好口彩。

上边说了这许多，其实都是小吃，而且还没出湄潭县城。有品位的食客都知道，真正的美食必须得寻幽探秘，最大的惊喜往往在最深远荒僻之处。湄潭的至味，其实在农家院里。我到湄潭农家的时候，远山刚起岚烟，细雨似有若无。采茶女正在山上采摘“雨前茶”，那是炒制本地名茶“湄潭翠芽”的原料。最后一批春笋也挖了回来，脆嫩多汁，应该符合宋代美食家林洪的“玉板”标准。永兴的板鸭蒸透晾凉，色似熟枣，正等待斩件装盘。湄潭独有的“茶香酒”，清香甘洌，只软脚，不上头。然而，我最热望的还是湄潭农家用柏树枝熏香的腊肉和腊肠。小时候我对腊肉的印象极坏，那是上个世纪七十年代初，副食店来了一批“腊肉”，不用肉票就可以买。那东西颜色惨白，硬如短棒，切时费刀，蒸时费煤，入口非但嚼不烂，用天津人的话说，那味道是“打死卖盐的了”。事后我才得知那东西不是腊肉，却有一个冠冕堂皇的名字，叫“战备肉”，其实就是腌咸肉，而且是库存多年的故物，在彻底腐败之前，拿出来卖给人民群众。那个可怜的年代，因为不用肉票，这点小小的荤腥也算是城市人难得的福利。湄潭农家的腊肉就大大不同了，腊肉炒野葱，大片的腊肉好似扑克牌，肥肉半透明，瘦肉深红可喜。然而，最令我惊叹的还是第一次尝到的“腊猪脚”，这可不是猪蹄，而是猪腿，北方人叫“肘子”，江浙人叫“蹄膀”。“腊猪脚”许是被柏树枝熏得久了，斫成块炖汤，汤白肉红，而肉皮则皱起一层赭石色的细纹——这是熏透了柏枝香气的胶原蛋白质啊。等农家主人将绿豆粉切成条炸得外酥里嫩，用肥美的春韭和咸腊肠一炒，再给我配上一碗麦耳朵，我便知道，今晚必须得在山道上“施施然鼓腹而游”了，不如此，实难消化农家主人丰美本真的盛情。

晚上看傩戏，演员就是本村农民。傩戏的面具看似夸张，其实角色身份一目了然，即使听不懂台词，也能看懂故事。故事很有戏剧性，四位农夫农妇都是年高有德之辈，辛勤劳作，但天旱不雨，于是他们求来天神，普降喜雨。故事到了这里发生了转折，山鬼出现了，披发赤足，面呈厉态，顽劣不驯，祸害农人。天神庇佑农人，与山鬼开战，出人意料的是，天神居然不能取胜，表情动作颇为烦恼。于是故事再次发生转折，天神招来另一位天神，是个仗剑赤足，身手矫捷的剑客，二神齐上，仍然不能战胜山鬼。这时故事发生第三次转折，剑客取来烧红的犁铧，赤足踩踏上去，这许是他激发神力和潜能的方法，然后与山鬼再战。山鬼败走，农人与山神共同欢庆，牵出耕牛，大团圆结局。这个故事虽然形态原始，简单粗陋，但它符合艺术规律，具有自古以来千锤百炼的故事原型的全部特征。即使是今天的许多小说和投资巨大的电影，里面的故事也常常达不到三个“转折点”，而且对抗人物比主要人物强大，每一次转折都是用失败来深刻考验主要人物的人性本质和内心矛盾，更不要说在转折点之后让主要人物主动进入更高级和更艰难的斗争层面了。算了，还是说吃吧。看傩戏的时候，农家主人为我送上一碗油茶汤，碗极烫，茶汤却不冒热气，山间的清风一荡，扑面而来的是一股浓郁的“椒香”，于是我一下子就明白《汉书》中的“椒房”是怎样的装修原理了。仔细请教当地人我才知道，湄潭的油茶汤又叫“干劲汤”，说是“不吃油茶没精神，吃了油茶有干劲”。油茶汤的制作工艺极复杂，先要将茶叶爆炒后加水煎到微干，揉压成茶糕；再将花生、核桃、黄豆等配料炸酥、捣碎，与茶糕进行二次揉压，然后加水煮沸，最后用猪油、油渣、花椒和盐调味。此时说起来虽然简单，但是煎炒、揉压、冲煮、调味等每个环节都容易出错，没有丰富的经验做不出正宗的味道。油茶汤应该算是湄潭文化传统的重要内容，说它是非物质文化遗产绝不过分。

在湄潭吃了九餐饭，这篇短文只讲了其中很小一部分内容。据说今年六月湄潭的高速公路就要通车了，到那时，大批的游客必定蜂拥而至。祝愿湄潭县能在这股经济洪流的冲击之下保护好自己，保护好乡村文化，保护好这份本真。

李德鸭

这次到瑞金深入生活，我品尝到了一味佳肴，是用中药烧制的鸭子。盛情邀请我来访的朱家柏先生介绍说，这是本地的一道名菜，叫“李德鸭”。李德大约是中共党史上最著名的外国人之一，不论是谈“中央苏区”，还是谈长征，都无法回避这位身材高大，相貌出众，脾气暴躁，自以为是，且食欲和性欲都有兼人之量的德国人。

我对李德的兴趣很复杂，其中最重要的一点，就是我很想发现，哪怕是通过在史料的字缝中揣测，也想知道，这位红军短暂的“军事统帅”在中央苏区的“绝对权威”是如何形成的。

很显然，当时的中央苏区对李德的到来充满期待，对他的生活待遇也是前所未有的。他的住房位于瑞金沙洲坝，据说，苏区的最高领导亲自监督建造了这所房子，一切以安全和方便为要。这所房子与苏区各主要机关的距离几乎相等，孤独地伫立在一片稻田之中，既安全，又方便召集苏区主要领导开会，在当时，它被人们称为“独立房子”。为了照顾李德的生活，组织上安排了一位勇敢的广东女青年肖月华做他的妻子；为了照顾李德的胃口，除了相当数量的“战利品”之外，组织上给肖月华买了一群鸭子放养在四周的稻田里——据传言，李德每次能吃掉一只整鸭，且常常抱怨烹调不佳，并对肖月华时常打骂，而肖月华在苏区期间，未能吃到过一次鸭肉。

李德在来中国之前，作为留学生毕业于苏联伏龙芝军事学院，但未曾参加过任何一次“真正的战斗”。据说，当时中共中央的主要领导博古同志在苏联便与李德结识，对他的军事才能非常敬佩。为了邀请李德出任军事顾问，博古不惜绕过共产国际东方部驻远东代表，直接向莫斯科请示。在研究史料的时候，我偶尔会突发奇想，例如，不懂军事的博古为什么一定要李德做他的军事顾问，而将在西班牙战争中经验颇多的“克勒贝尔将军”架空呢？李德在“第五次反围剿”做出的所有错误决定是他的独立决策，还是受命于人？

我不想随意对博古这样一位受人尊敬的革命前辈妄加评论，但也不想不加分辨地接受已有的“历史结论”。有一点可以肯定的是，博古当时的处境极为艰难，他在面对国民政府“第五次围剿”中“步步为营”的全新战术，在面对党内复杂的政治局面，在面对中国共产党与共产国际的微妙关系，在面对经历了四次“反围剿”之后，已经在财源和兵源上接近枯竭的苏维埃政权时，他不得不做出一系列重大抉择，其中之一便是选择由李德替他掌握兵权。

李德在红军中的狂妄自大确实有可能是博古运用苏区的“国家机器”培养起来的,但后代史家将博古描写得像个怀春少女那样对李德毫无原则的“宠爱”也不大公正。我们必须得客观地看待当时的形势,博古本人在党内的权威一直没能确立,他的上边有共产国际和远在莫斯科的中共重要领导人,他的同事中有许多经验丰富,功绩显赫的重要领导,他的下级中还有许多对他缺乏了解的重要将领,他是一个孤独的人,他需要李德,需要这样一个在共产国际地位不高,却又能帮助他完成理想的“外人”。

我们可以说博古有私心,但在历史事件和历史人物身上,私心有时却是“公心”的一部分,只是,由于这份“公心”产生的结果太坏了,这才被认为是“绝对的私心”。

李德的性格可以说是“西方性格”的典型代表,他刚到苏区的时候,被自己受到的隆重礼遇感动了,而更大的惊喜则是他发现自己被赋予的巨大权力——军事决策权。他的“以堡垒对堡垒”的军事战略和“短促突击”的战术在红军铁的纪律之下,被无条件执行,即使在遭受巨大损失,甚至兵败连连的时候仍然被贯彻执行——所有对李德的批评与抱怨,都是“遵义会议”之后才被公布出来的,并在日后被写进回忆录中。

李德在中央苏区的感受,应该是一个“西方统帅”梦寐以求的感受;他指挥的中国红军,应该是“西方统帅”梦寐以求的军队;他的中国同事,应该是“西方统帅”梦寐以求的谦谦君子……李德得到了在中国建功立业,成为共产国际伟大将领的众多重要条件,但他的战术思想对于"第五次反围剿"却是一剂"错药"。

随着战事的不断失利，李德对肖月华打骂得越发频繁，借口往往是她烹制的鸭子,为此,他甚至将铁锅砸破了。肖月华无奈,只得向"老表"借了只砂锅为李德炖鸭子,不想,这次李德对鸭子大加赞赏。肖月华苦思不解,向"老表"询问方知,她借来的原来是只药锅。每日看着肖月华饱受打骂的"老表"同情她,便给了她一张清热解毒,温补理中的药方,共十三味药。肖月华照方抓药,摸索着为李德炖"药膳",让李德吃得非常满意,但对她的打骂却并没有减少,因为,战局实在是太坏了,李德有无数需要发泄的理由。

说起这段往事，我认为对李德认识最清楚的只有两个人,一个是毛泽东,于是有了"遵义会议";另一个是肖月华,红军到达延安之后,她便干脆利落地与李德离婚了。

将近百年过去了,但我真的不想看到让李德只成为一道名菜,或是中国革命史上的一段趣事。我觉得,李德应该成为一个重要教材,因为,改革开放三十年来,中国大地上出现了太多的"李德",特别是在企业之中。大家要警觉呀。

丽水美食行

从女儿上初中开始，我常让她为每年的出游制订计划，宗旨是“中华美食行，游山玩水只当是消食”，于是她便干劲十足地忙碌起来，查找美食资料，设计“消食”行程。高中尚未毕业，她已经将这件事干得很熟练，于是，我也就不再担心她上大学后不会安排自己的生活。所谓寓教于乐，许多人因为无从措手，便只是口头上说说，其实实行起来并不困难，只看你是否真心热爱教育的对象。“中华美食行”这个观念不是凭空而来，我个人便将每一次旅行都当成是对美食的发现之旅。这次到浙江省南部的丽水地区旅行，我照例是提前调理好胃口，打点齐全资料，因为，丽水地近浙闽赣三省交界，山深海也不远，溪流湖泊无数，且气候温润，加上高速公路去年才开通，必定尚未遭到工业化进程的破坏。从老饕的角度看，这里的美食应该有寻常之中的不寻常，意料之外的发现也在情理之中。

第一站，景宁畲族自治县大均乡

我以往只接触过贵州的少数民族和江西的客家文化，对畲族一无所知。这次到景宁，最先听说的是畲族人自称“山哈”，也就是“山里的客人”，因为他们原是不断迁徙的民族，便为自己取了这么一个看似浪漫，实则艰辛的名字。有几句山歌描绘畲族人的生活，“火笼当棉袄，辣椒当油炒，番薯丝吃到老”。然而，他们今日的生活已经有了很大改善，特别是在饮食上。据说，畲族人一年十二个月，只有八月没有竹笋可食，以茭白代替。此次进山是初冬，冬笋尚未成熟，味道稍欠丰腴，但笋干却回味无穷。畲族人喜欢热食，早年都是用个小风炉放在桌上，一口炖锅里放入腊肉、鲜笋、香菇、豆腐和蔬菜，炉边围着一圈他们最为喜爱的各种腌菜。现在风炉已经被酒精炉代替，菜品也都分门别类，鸡鸭鱼肉各自成品，也算是有小康之相了。主食当中有一味糍粑，熟糯米打制而成，外边裹的是黑芝麻粉，香甜软糯不粘牙，与贵州裹黄豆粉的糍粑相比各有妙处。畲族人擅饮酒，首重敬客，以为客人不醉便是主人没有尽心，因此，这一路走下来，红釉酒喝了不少，味道甜而醇，无酒精气，入口顺滑，但后劲甚巨，据说常有善饮者因此而大醉。

许是因为山居艰难，许多少数民族都将饮食文化纳入到最重要的礼仪之中。这次参加了畲族的婚俗表演，印象极为深刻。同行的男作家中被选出一位新郎和两位“赤郎”(伴郎)，我被选为大舅哥，算是娘家人。整个迎亲活动中，最有特色也最具趣味的是“赤郎”这个角色，他们是被娘家人戏弄的对象，据说，没有人要“赤郎”的村子，说明这个村的姑娘无能。其实，要“赤郎”的习俗中，还有相亲的意味混杂其中，于是便有了各种妙趣。最典型的一件事，就是新郎迎亲时，要由“赤郎”向女方家中借炊具整治筵席。“赤郎”要唱山歌借物，女方唱山歌应允，例如赤郎唱：“仙人手掌定一对，双龙抢珠两路来；金盏一对福全寿，玉宇金盘取一对”。女唱：“铁打火钗钗火灰，火钳火钗两路来；桌凳酒盏排上位，借个板墩好切菜。”四十几样炊具和餐具得唱上好一阵子。这还不算，据说新娘家的女伴们还会给负责整治筵席的“赤郎”捣乱，不让他顺利刷锅、点火，杀鸡时不能洒出一滴鸡血，错一样便罚酒一碗，于是打打闹闹，喜庆非常，同时也是借机相看。显然，“赤郎”如果没有好口才、好计谋和好酒量是无法过关的。迎亲筵过后，新娘出嫁脚不能沾地，由大舅哥抱至厅堂，面朝外站在小凳上。与娘家的告别仪中有一项叫“留箸”，大舅哥站在新娘身后，从她腋下递给她两束筷子，她从肩头还给大舅哥，如是三返，意思是“日后家中父母的饭食就交给哥哥照应了”。于是，新郎娶了新娘，“赤郎”也被新娘家的女孩看中，热闹的仪式始终与饮食和生存相关，既感人又有趣。出乎我意料的是，当晚还有另一种样式的畲家婚俗表演，因为那三位男作家都有了主儿，便只好逼着大舅哥娶大舅妈了。婚礼上，大舅哥学会了一种畲族人祝福的手势，与唐代叉手礼极为相似，应算是“礼失求诸野”的遗意吧。畲乡之行印象深刻，稍有遗憾的是没能尝到著名的绿釉酒，以及与畲族英雄相关的乌米饭，但这也恰好是他日再来的理由。

第二站,云和县

人在旅途,发现有些事情与准备的资料出现错位是常有的事,其实反倒有趣。到了云和县,却撞上了两种景宁著名的美食。一种是制作手段极复杂的“黄米果”,据说是将山里某种独特的灌木烧灰沥汁,用它染黄粳米,蒸熟捣烂,再团块切条,然后用肉丝配香菇、笋片等炒制而成。黄米果入口细滑却有咬劲,山川草木之气兼备,此物在景宁县失之交臂,却在云和县相遇,应算是意外之喜。另一种是山粉饺,三角形状的饺子煮在汤里,色泽灰红,载浮载沉;汤是肉汤,馅是菜肉馅,原本山粉应该是指葛根粉,此时却被番薯粉替代,不算遗憾,只是少了些古意而已。至于此地著名的“山粉圆”,只能留待下次再来了。

给谷物染色的技术世界各地都有,云和县有一种特殊的食物蓬馐,原只在清明时节才制作,不知此时尝到的是否正宗。据说,当地居民常在清明节前几天采摘野生的蓬草,与米粉一起放在水碓里碓成淡绿色细腻的面团,用它包上甜咸两种馅料,蒸熟而食。此时是初冬,我担心米粉不是用蓬草,而是用蔬菜汁染色,但因是第一次品尝此物,不好妄下结论。需要公允地补充一句,蓬馐好吃且好看。云和县还有一种特产叫苦槠干,据说全国只有此地出产,可惜未曾得见。倒是本地盛产的番薯干甚多,又薄又脆,色泽金黄,酥香甜具备。有几位爱好零食的作家,每见此物必尽一器,以至无意于正餐。

在云和县,真正让我惊喜的其实是“米汤”,这是制作“撸饭”的副产品。“撸饭”在北方叫“捞饭”，常在大食堂里出现。云和的“撸饭”应该也是将米在水中煮到开花，然后捞入饭甑上屉去蒸。大食堂中的米汤我上大学时就领教过，清汤寡水，可映月亦可鉴人，但云和“米汤”如此的香浓，入口即感觉到滋养，实在是平生仅见。米是什么米？水是什么水？几分火候？何时捞米留汤？回到家中，理当试验一番。细节是说服读者的关键，学会这一招，当小说写到用米汤哺育婴儿时，便多了几分把握。

第三站，青田县

记得我过五十岁生日时是在磐安县吃的鱼面，今年我五十二岁生日，在青田县尝到著名的索面，算是与浙江缘分颇深。青田最有名的两种外销土产食品，一为田鱼干，一为索面。田鱼是指放养在稻田中的鲤科鱼类，以微生物和稻花为食，稻熟时放水捉鱼，从鱼背剖开取出内脏，加盐和黄酒腌至入味，先晾晒再用稻草、谷壳烘烤成干。这次尝到了新鲜田鱼，也尝到田鱼干烧豆腐，味道确有独特之处。需要补充一点的是，两天前我在景宁县尝到一种产自水库的“军鱼”，应该也是鲤科，带鳞烹调，鱼鳞既酥且腴，难得的是原汁原味的鲜美。至于索面，样子有一点像北方的挂面，两米多长的细面条盘成一束，全手工制作，比挂面爽利有咬劲。因为索面是一根根高高挂在面架上晾晒，这景象便成了摄影家的最爱，透过帘幕般的索面，拍摄后边劳作的人们，很有形式感，也很有戏剧性。

因为晚餐是西餐,没能品尝到青田有名的“鹅头颈”和糯米大肠。据说,青田县因土地稀少,经济欠发达,人们很早就去外国谋生,如今全县居民有十万多人生活在世界上的一百多个国家。最早出国的人们,吃尽千般辛苦,带着积蓄回乡置业,把商品房和青田石雕炒到惊人的价格,同时,他们也将国外的饮食文化带回到这个偏僻的小县。据不完全统计,青田县城里有一百多家西餐厅和咖啡馆,经营者多半都有在全世界各种餐馆的工作经历,许多原料和调料都是从国外进口。当晚的前菜是生火腿薄片和鸡蛋蔬菜沙拉,我的西餐经验还不足以分辨出这是意大利风干火腿还是西班牙发酵的巴玛火腿,但滋味确是不凡;沙拉如果不是用沙拉酱,而是用意大利香醋调味,我必定会更满意。汤是奶油蘑菇汤配斜切涂橄榄油烤制的法式面包片,还有黄油味道浓郁的炸洋葱圈。主菜是煎牛排,量很大,黑椒汁口味恰当;也许是因为客人太多,我的盘中有一块牛排煎得有些过火,其他的都是恰到好处的五成熟,可谓软嫩多汁。因座位离主人很近,我没好意思问服务员牛肉的出处,显然滋味和口感都不像是国内品种。让我感叹的是,青田大约是中国西餐最发达的县城,这样一套精致的菜品,在四大直辖市中也不是轻易就能找到的。当晚最后一项活动是欣赏著名的青田石雕,顺便品尝意式咖啡。这是那种一两酒盅大小的咖啡杯,蒸汽加压过滤而成,上面浮着厚厚一层咖啡油,浓香在前,微酸在后,提神醒脑,以致凌晨方才入梦;在《教父》第二集中,那个黑手党小头目敲诈年轻的科里昂时,跷着小手指喝掉的就是这种咖啡。其实,这种浓厚的咖啡最初是土耳其人发明，他们入侵希腊时传了过去，二十世纪初才跨越爱琴海传到意大利；第二次世界大战盟军在意大利登陆，于是把它传遍全世界，统称“意式咖啡”。为此希腊人和土耳其人至今都很不爽，认为意大利人盗取了他们应有的世界性声誉。

第四站，缙云县

按常理说，青田县与刘伯温关系密切，他的《烧饼歌》至今仍为“预测学”爱好者的掌中至宝，不承想，因烧饼而出名的却是缙云县。“饼”是中国最古老的食物品种之一，不论是《梦粱录》或《入唐求法巡礼行记》等史料的记载，还是古代小说中的胡饼、汤饼、炊饼等细节，或者是古人旅行投宿必须得自带炊具生火做饭的习俗，“饼”都因为谷物培植最早，炊具简单和制作方便而大行其道。到了今天，中国各地单烧饼一项，就有数十种名品，也算是世界烹饪史上的奇观了。

对于缙云烧饼，此前我只有耳闻，初尝之下，甚是惊喜。到厨下参观并请教厨师得知，缙云烧饼的烤制方法与河北的缸炉烧饼和新疆的馕近似，就是用一只内泥外铁的烧桶，桶底烧木炭。但缙云烧饼是发酵面团为皮，五花肉和霉干菜为馅，面上刷麦芽糖水且撒少量芝麻，底部沾水后贴在温度极高的烧桶内壁上；待烧饼面皮鼓起，色泽金黄时，烧饼师傅持鸭嘴铁夹入烧桶，铲夹并举，便是成品。不过要小心，刚出炉的缙云烧饼像油炸汤圆一样危险，须在边沿咬一小口，吹尽内中热气，随之而出的则是霉干菜浸透猪油高温加热后的味道，此乃中国“至味”之一，让人难以抵挡。很久以来，缙云县的烧饼师傅挑着烧桶，跨县出省，远赴全国各地，早已成为缙云人的重要收入来源，也因此让缙云烧饼得以传名。

主人介绍，缙云烧饼最佳的搭配汤品有三：馄饨、豆腐娘与敲肉羹。馄饨无奇，全国都有，清真的叫“菱角汤”。豆腐娘和敲肉羹是丽水地区特产，一路走来尝过不少。豆腐娘原是本地山民农忙或待客的食物，有黄豆和青豆两种，都是将泡涨的豆子磨成带渣的豆浆，微火慢煮成糊状，里边加入各种土产辅料，香热鲜美，确有独到之处。敲肉羹是将猪后腿肉或里脊肉切片，拌上葛根粉或番薯粉，用刀背在砧板上细敲细打，然后用鲜汤打底，下香菇、竹笋等配料，汤大开后氽入敲好的肉片，再调味勾芡成羹。成品色泽暗红，肉片入口即化，可谓老少咸宜之佳品。类似的汤品我曾尝过瑞金的牛肉汤，不勾芡，但要擦入大量的老姜细末，味道热辣鲜香，驱寒健胃。

丽水五日收获甚丰，到了写篇小文以资纪念时，仍然忍不住要写食物，可算是本性难移。要说有什么感想，浙江的深山里我曾到过磐安县，贵州的深山里我曾到过黔东南和黔西北许多地方，这次又到了丽水四个县，总结一点就是，不论是探奇寻幽，还是搜罗美食，或者摄影写生，当年的世外桃源如今都已通了公路，要想去就得抓紧时间，要抢在商业大潮的破坏之前，去享用那些正在消逝的淳朴和原汁原味。

天津老月饼

我在天津生活五十余年，每每为这座城市的历史深感自豪，也从天津时令年节的种种细微之处感受到特有的生活趣味。但近年来，天津中秋节的内容似乎只剩下一盒一盒包装花哨的“广式月饼”，让人感觉不是滋味。广式月饼，甚至台湾月饼确有独特之处，皮薄如纸，馅料内容每每有出人意料之物，风行天下，渐成时髦，于是，各地的土产月饼便渐渐被贬低，抛弃，以至于年轻的孩子们只知“冰皮”、莲蓉、蛋黄等等，对本地土产弃之如敝屣。我倒不是食古不化，敝帚自珍之人，也没有自恃上了几岁年纪，把脸板得像鞋底子似的教训年轻人的意思。只因有了这篇小文的机缘，想介绍几味地道的“天津月饼”给年轻人尝尝，也算是当一回“美食侦探”吧。

现在的月饼面皮越来越薄，面皮里的油越来越重，以食馅为主，全无饼意。这种月饼好吃倒是好吃，但失去了月饼的本真。其实，月饼应该面皮有面皮的口感味道，馅料有馅料的诸般滋味才是。说到月饼的面皮，天津月饼中首推祥德斋的

“提浆月饼”。所谓“提浆”,是在锅中放入白砂糖和适量的水,文火熬半小时,提出糖内杂质;再加入米粞(糙米碾压时脱掉的皮)和小磨香油,慢慢搅拌,直至油不上浮,浆不下沉,然后滤出米粞,算是“提浆”完成。然后,拿这种浆和过筛的精白面,揉搓至细腻柔韧。用这种面皮包馅倒模,烤出的月饼色泽金黄,花纹完整,食之绵软酥松,放置多日也不会开裂。

早在民国元年,天津中华馨糕点铺有一种包馅月饼名叫“癞皮酥”,据说是清末一个姓赵的打竹帘的穷人娶了富家女儿,改行开的这家糕点铺。中华馨全盛时在意大利租界大马路开店,所制“京八件”与桂顺斋、一品香齐名。新中国成立后公私合营,中华馨与三德元等二十来家小糕点作坊合并,成为“河北糕点厂”,保留下这一名点。“癞皮酥”面皮的配料、制作有独到之处,例如面皮中需掺用一部分“熟面粉”,“开水热油”等。这种月饼不倒模,没有花纹,烤成之后,表皮上凸起一层大小不等的疙瘩,很像癞蛤蟆的表皮,入口面皮即刻崩散,层层片片,妙不可言。只是,不知“河北糕点厂”如今还在不在?真的很想再尝尝这种具有传奇故事的糕点。

另外,天津还有一种“双酥月饼”,当年河东糕点厂做得最好。这种月饼用的是“单提浆”,也就是糖浆较嫩;“小破酥”,即酥皮微裂不碎;至于馅料,则是甜咸味道。最与众不同的是“双酥”,也就是说,它不是皮包馅后倒模成型,而是皮包馅后将面剂压扁,擀成长薄片,然后将薄片卷成卷再擀开,双擀双卷,压模成型。这样的月饼,烤成之后,层层酥层层馅,甜咸香酥,回味无穷。

说了半天月饼皮儿,其实想说的是风俗不再。每年春节、端午、中秋这三节,最耐人寻味,最有趣的内容是风俗,是那种细腻的世道人心,繁复的人情往来,以及“男不拜月,女不祭灶”等陋规和“月光马子”之类的迷信。中国人民忙碌了百十来年,也该醒一醒,过一过有闲趣,有传统的节日,否则这些节庆风俗都该被邻国偷光了。

春花崇礼

崇礼县在河北省张家口市迤北，与内蒙古大草原接壤。

张家口原本是畜力运输时代中国与俄罗斯的贸易集散地，那种茶叶、口蘑、丝绸、瓷器、香料堆积如山，紫貂、海龙、猞猁狲、水獭、狐肷等皮货盈千累万，驼队川流不绝，客商雄心万丈，金如山银如海，关税直输国库的好日子，随着铁路与海运的发达迅速衰微了。此后，崇礼县从外贸中心的后花园，退回到农林牧畜的田园生活。然而今天，好机会又来了，已有的高速公路和未来的高速铁路，将崇礼县变成了首都北京的后花园。

这里山高坡长，谷深水澈，空气清新，交通便利，冬季是滑雪圣地，气候和设施与欧洲的达沃斯、索契不相上下。这里的雪季也长，每年三月下旬，滑雪场仍在开放。然而，一到四月，雪还没有完全融化，山坡、水边、谷地里的野花便争先恐后地开放了，中国北方绝大多数野生植物都能在此处自由自在地生长。

因为地高天寒，当此地的桃花大梦初醒般舒展开粉红色的花瓣时，张家口迤南各地的桃树早已红碎满地，翠叶披离了。与桃花绽放同时，沟边、湿地的粉报春苏醒过来，这类矮小卑微的植物，必须得在高秆植物长成之前，抢先宣布自己的存在。于是，它那矩圆披针形的叶片，在边缘处狰狞着稀疏的细小牙齿猛地窜将出来，紧随其后的是纤细的花葶，举起浓密绒毛包裹着的伞形花序。而另一种名叫"白花点地梅"的谦卑植物，冬季就是路边和树林边缘的一簇簇小小的莲座状褐色枯草，它先是小心翼翼地伸出几支毛茸茸蜷缩成枝状的细叶，像是在试探空气的寒暖。当它的叶子放心地舒展开后，小家碧玉似的花葶这才出现，长到两厘米高时，猛地绽放出三四朵半厘米大小，喉部紧缩的白色或黄色花朵。它的花色并不纯净，花蕊或红或黄，颜色浸染到花瓣上，像是被洗花了的衣裳。然而，"白花点地梅"就像那种绝不肯放弃自身的一点点美丽和才华，一定要参与到轰轰烈烈的嘉年华中的小人物，它深知自己命中注定就是春天之子，即使被忽视，被践踏，它仍然要完成报春的使命。随后，粉报春的花葶上也开放出了七八朵顶花，那颜色像是稀释的胭脂水中落入了小小一滴群青，与明黄色的花蕊相映，可称俏丽。它将花瓣安置在长且稍显肥大的花萼顶上，好似幼儿玩耍的小喇叭，为春天的到来鼓噪出了几分热闹。

接下来，马兰花、苦菜、蒲公英长出嫩叶。崇礼县高家营的绿皮李子绽放出它的白花红蕊，山坡、村边娇嫩得令人心疼的梨花也开放了。这两种白色花朵如云似雪，背负着汉文化中感伤的隐喻意味，它们的绽放似乎只是为了等待春雨到来的那短暂一瞬，便如病美人般香销玉殒。因此，赏梨花和李花都要趁早，这就仿佛人生中珍稀的浪漫感觉，它如拳中之沙，转眼便消失了。

通常年景，榆钱初绿的时候，苦菜的叶子刚刚展开。在农耕时代，春季最艰难，去年的粮食即将食尽，今年距收获尚远，因此，植物初生可食的芽叶，便成为农民果腹的珍品。如今经济繁盛，交通发达，人们再不必担心“春荒”的出现，于是，农耕时代艰辛且无可奈何的充饥之物，便被改造成为应时当令的时髦美味。

需要特别说明的是，榆钱是榆树的花，先花后叶，在前一年的叶一簇簇生长出来，圆圆的像是中国的古钱币，为此人们也喜爱它的谐音“余钱”，借以祈求富足。榆钱的颜色鲜嫩得仿佛汪着一兜绿水，令人心痒难挠，中央凸起处隐藏着榆树的种子。我生长在城市中，榆钱很难见到，要想一尝此味，只能到崇礼县这等物种保存良好的山区。榆钱最传统的做法是蒸食，将榆钱洗净沥干，拌上烫熟的玉米面和少量面粉，捏成上尖下圆中间有孔的窝头形状，上笼屉蒸三十分钟，配上一碟炸虾酱，便是十足的山野风味。当然，用榆钱煮粥也很适宜，煮大米或小米粥将熟时，放入榆钱，用葱油和盐调味，可谓香滑鲜美。有时我会突发奇想，如果将蛋液、面粉打成薄糊，加入榆钱后，在平底锅中摊成又薄又软的蛋饼，然后卷芝士吃，应该算是中西合璧，别有风味吧。明年再来，一定带上芝士。

苦菜花开了，颜色鲜黄。这种随处可见的多年生菊科植物，大约是人类文化史上“贫贱”的代名词。《旧约·申命记》中，耶和华命摩西与以色列人立约时训诫道：“又怕你们中间有恶根生出苦菜和茵陈来，听见这咒诅的话，心里仍是自夸说：‘我虽行事心里顽梗，连累众人，却还是平安。’耶和华必不饶恕他……从天下涂抹他的名……使他受祸。”崇礼县基督教信众颇多，在这种对苦菜的比喻中一定更能领会深意。

然而，凡贫贱之物必有贫贱之用。苦菜本名“败酱草”，在中国北方地区，苦菜是饥荒之年的“救命菜”，因此它在各地有许多名字，如野苦荬、苦荬菜、曲麻菜、苣菜、曲曲芽等，而这每一种卑贱的名字，都与它的食用功能紧密相连，都叫“菜”。当年，挖苦菜是妇女和儿童的工作，他们在左臂弯里挎上元宝形状，柳条编织的篮子，右手紧握无柄的废旧镰刀头，在山坡、野地、林缘行走，不时蹲下身来，用右手的镰刀头挖断苦菜的茎，顺手拾起丢入左臂弯中的柳条篮子。他们不用走得太远，一来一往，在村庄附近走出一公里长的不规则环形路径，便能采回一篮苦菜。到了家中，主妇会将这些苦菜择洗干净，或蒸或煮，或凉拌或做馅，既是蔬菜，也是粮食。

如今大是不同了，品鉴野菜已经成为最时尚的举动，类似于美食的行为艺术。经过多年选育改良的苦菜再没有粗粝的口感，而是变得脆嫩多汁，与沙拉酱或橄榄油葡萄醋调味汁居然像是天作之合，格外相宜。

我从不排斥在蔬菜大棚中种植的改良型苦菜，但我更向往山野之中最原始的，在饥荒之年救人无数的苦菜。在崇礼县，春末夏初，我可以坐在农家的院子里，一边品着枣茶，一边等候主妇备餐。院门外紫丁香细碎稠密的花簇开放了，香气翻墙而入，是汉文化中最高妙宜人的“药香”。几株毛莨从鸡窝后边探出头来，像是羞于自己虽不合时宜却也无可奈何的命运，因为没能理直气壮地与同类在旷野中招风引雨，反倒混进鸡粪，生长在院中，于是它便开出几朵鹅黄色小花，讨好地向饮茶的宾主摇摇摆摆。

农家主人面如重枣，自豪道：北京申办冬奥会，滑雪项目就在我家对面的山坡上。我抬头望去，山上原本应该是雪道的地方开满了野花，仿佛手工最为繁复的地毯。我道：可惜他们来得太早，没有我的口福。于是宾主拊掌大笑。

农家饭很简单，一凉一热，凉菜是苦菜嫩叶蘸酱，酱是由一份芝蘑酱与两份甜面酱调和而成，咸香微甜，既激发出苦菜的苦香味，又恰到好处地遮掩了野菜的生涩。热菜是苦菜炒肝尖，猪肝切成三角片，先用酱油腌渍一下，再用淀粉上浆，等油温七成时将肝尖滑散，捞出沥油。然后另起油锅爆蒜米，出香味后放入滑好的肝尖，翻勺后加苦菜和生蒜米，用手勺拨散，放少许盐再翻勺，最后烹几滴陈醋出锅。这道菜是苦配苦，蒜香浓郁，必须趁热食用，时间稍长，滑腻的肝尖会变硬，苦菜也会过熟塌软。农家主人送上一壶北京名产“莲花白”，主食是玉米面和黄豆面为皮，苦菜与五花肉丁作馅的菜团子。有此好时节，有眼前美景，有这些美酒美食，更重要的是有这番闲适，让我感觉可比陆地神仙，给个首席执行官也不换。

由此我不由得想到，为人有幸出生在和平、富足之世，应当“惜福”，不能因傲慢和贪婪而浪费滋养生命的美好与深意。就像《旧约·何西阿书》中所言:“他们为立约说谎言,起假誓;因此,灾罚如苦菜滋生在田间的犁沟中。”人生须有所畏惧,才不敢胡作非为,这就勉强算是苦菜的启示吧。

每到春末,常被农家种作篱墙的蔷薇科灌木土庄线绣菊便挂满耀眼的白色花簇,而邻家编织墙篱的蔷薇科灌木山毛桃,便立刻像浅薄的暴发户,夸富般地将俗艳的红色花朵铺满树冠。就这样一片片红,一簇簇白,农人下田劳作,母鸡“咯咯哒”叫个不停,狗儿沿街边踱步,村庄便有了活力。

每年我都期待春末夏初这一刻,因为马兰花要开了。从个人审美的角度出发,中国北方的野花当中,我偏爱马兰花。我此处所说的不是江浙名菜“豆干凉拌马兰头”的菊科植物,而是中国北方的鸢尾科植物,中文名叫“马莲花”,俗名马蔺或蝴蝶兰,拉丁学名是 Irisensata Thunb,花期长达七至十天。崇礼县的马兰花没有黄色和白色,只有蓝色系下的深浅不同。我总觉得,简单地用蓝色定义马兰花太过粗陋。其实,深色的马兰花更像是靛青与朱砂调配而成的庄重的深紫色,只不过冷静的蓝色调压住了热情的朱红,仿佛成熟、理性,却在内心之中燃烧着炽热火焰的女教师;而浅色的马兰花则应该算是雪青色,干干净净,整整齐齐,娇而不羞,如同成绩优秀的女高中生。

欣赏马兰花的方式很多,随赏花人的心境、见识各有不同。当你走在向阳山坡的小路上,不经意间,便会看到石缝沙砾中有几枝马兰花刚刚开放。或是你在沙质土的野地、林缘散步，马兰花会杂生在其他植物中间，但很容易辨认，因为它周围的草本植物多半花期已过。这等偶然的相遇，最容易引发赏花人浪漫的怦然心动，或是对一见钟情的追忆。

我不反对采摘马兰花，但看到有汗津津的肥手紧握着满把马兰花的花茎，以至于有些花茎弯折了，花朵东倒西歪，便让人不由得“怒从心头起，恶向胆边生”。马兰花虽然是野地里的无主之物，但无节制地采掠回来，却又不珍惜，这等人在其他地方也必定不招人待见。

采摘马兰花最好是用日本花道中的“投入花”法，选取初放的花朵，一支就够了，将花茎齐根斜剪，迅速插入水中。插花的器具不必珍物，农家瓦罐、陶瓶之类的最多，实在不行，剪开一只矿泉水瓶作盛水的容器，外边套上麦秆编织的破旧草帽当装饰，最后给马兰花配上一枝本地的白桦树枝。这品插花似艳实素，是绝好的案头清供。随着日间的光线移动，正午时马兰花明艳动人，蓝紫色的花瓣依偎在白桦斑驳的枝干上，如热恋似重逢；傍晚时马兰花的颜色渐渐深沉庄重起来，白桦枝上的褐色裂隙如铁线般老辣，这会让人联想到历经磋磨的夫妻，譬如《日瓦格医生》。

“林花谢了春红，太匆匆”。从今往后便是夏季，只需有心，人们还有更多机会领略山林间玄妙的逸趣，透过野花参悟那些看似烦琐实则简约的人生况味。做个赏花人吧，不解闲情，人生便无趣。

馋人梦中说归隐

前几日参加舟山沈家门渔港民俗节，顺便在周围几个海岛走了走，不知怎么的，心中蓦地涌出了“归隐”这个词。虽然我心中明镜一般，知道这如同妄想，但这股情绪却挥之不去。当年读书读到“小隐隐于野，中隐隐于市，大隐隐于朝”之类，总感觉有些“仕途经济”的瑕疵，认为古人的归隐不够纯粹。今日看来方才明白，这其实是先贤的微言大义，作为社会人，若真想彻底逃避，必定是要失败的，因为纠缠在身上的人太多，俗务太多，牵挂太多，逃无可逃。

我站在桃花岛的山腰上，左手边是房屋完好，却只剩下十几位老人的渔村，右手边是杂花生树，鸟语莺飞，山脚下是被废弃的小小渔港和大片滩涂；再向远处望去，是曾经富饶，如今也尚未完全贫瘠的东海，十几座小岛巧妙地摆布在那里，既近得足以驾船当日往返，又远得恰好构成绝妙的景致。我看了一眼手机，发现信号很强，再细细询问本地人，得知这渔村里有电，有淡水，有公路，甚至还有电视。于是我突然想到，假如选择那种“有瑕疵的归隐”，这里或许是个不错的去处。

真的可以吗？真的可以！我能做到吗？能，真的能。我的职业算是个“写字的师傅”，没有朝九晚五的束缚，只要安排好家人，即使失踪个一年半载，也不会惊动任何人。这说明我有时间上的可能。在这荒废的渔村里租上一所房子，每年的租金不会比我平日的交通费多，而日常开销也绝不会比我请朋友吃两餐饭多。这说明我在财政上有可能。还有什么现实的困难吗？没了。

到那时，我一定要学会早起。清晨，我手握园艺用小铁铲，漫步在渔港边的滩涂，一条名叫“罗密欧”的黄狗跟在身后，口中叼着竹篮。粉红色的朝晖让远处的岛屿如同莫奈的《日出·印象》，宜人的海风吹抚我所剩无几的华发，细腻的海泥在我的脚趾缝中戏耍，巨大的海鸟如老友般飞过来，客气地问：饭否？我答：未曾。这时，我的赤脚踩到一枚手指长短的硬物，用铁铲挑出来看，竟然是只肥美多汁的单脚蛏。罗密欧弄臣般将尾巴摇成周杰伦《双截棍》的节奏，献宝似的奉上竹篮，好让我将蛏子丢在里边。再往前走，脚下踩到些圆圆的硬物，但我今早对蛤肉没有食欲，留待来日，它们会更大更肥。太阳跳了出来，我往回走。罗密欧嫌玩耍的时间短，一步懒似一步，中途抬起后腿，将心中的不快浇在寄居蟹身上。此刻，我的味蕾已经对早餐充满了热切的期盼：回到家中，定时定温的电饭锅已熬好了香气袭人的米粥——小站稻和贵州从江香糯米。我虽避居海岛，却能网购天下美食。沈家门渔港的文友会帮我接收这些快递包裹,有时我去取,有时他给我送过来。我还要做一点主食,将刚刚采来的几枚蛏子洗净切碎放入碗中,打一只鸡蛋,抓一把面粉,加少许清水和海盐,将这些材料打成糊状。电磁炉很好使,沉重的不锈钢平底锅受热均匀,倒一点瑞金的茶子油,用勺将面糊摊在锅底,再撒上些青翠的葱粒,煎至金黄。米粥和远胜台湾"蚵仔煎"的蛋饼,小菜是乡邻赠送的蟹酱和园中的小芹菜。这就是我这个隐居馋人的"一日之始"。

到那时,我一定要学会劳动。我的庭院罗列着几十只巨大的花盆,里边种了些香葱、芫荽、黄瓜、西红柿、芹菜等易生易养的植物,盆中的泥土是我从宁波天童寺附近买了运到岛上的,肥料是网购的有机肥和少许鸡粪,此外,篱笆墙上还结了十几颗椰子大小的南瓜,都是日本著名园艺师选育的品种。我的鸡窝里有六只母鸡两只公鸡,受精的鸡蛋比普通鸡蛋更有味道。不幸的是,今天又有一只母鸡被山上的狐狸咬死了。罗密欧臊眉耷眼地叼了那只鸡来给我看,深知自己昨晚没有尽责。邻居陈伯家的白母狗扭扭地来了,抛眉弄眼地招呼罗密欧。我必须得让它记住自己的错误,便命令它面壁思过。于是,罗密欧面对墙角端坐,柳下惠似的庄重,默念我专为它写在墙上的两个字——慎独。

到那时,我一定要学会没有功利心的写作。我在岛上,一天当渔民,跟随陈伯驾小船出海;一天当农民,侍弄院中蔬菜和屋后竹林。今天是我当农民的日子,遮阳帽、手套和园艺工具都是上品。我一边精雕细琢地将蔬菜调理成盆景,一边构思《檄野狐文》。在岛居的平静日子里，先后两只母鸡被狐狸咬死，所引发的震惊与愤怒，不啻于“9·11”恐怖袭击。不过，此刻写这样的文字，不需要“倚马草露布”的捷才，一天能想出两三句即可。陈伯来访，送我两条他今早捕到的野生小黄鱼，算是为我午餐加菜，同时说了句，明天是周六。陈伯是象棋迷，村里没有对手。每周六下午是我们下棋的时间，虽然是旗鼓相当的臭，但我的到来仍然被他老伴认为是件难得的幸事，于是，她每周六为我们准备的海鲜大餐都格外丰盛。当然，届时我将带酒过去，陈伯酒后会由寡言变得健谈，我正在从他难懂的方言中，拼凑起沈家门渔港往昔的繁盛，诸如渔船过万、帆樯接瓦、黄鱼铺地、渔网遮天、“吃爱国带鱼”等等。

到那时，我一定要学会……蓦地传来一阵说唱：“劳斯莱斯买两辆，一辆拉人一辆拉煤……航空母舰买两艘，一艘击沉另一艘；上市公司买两家，一家搞垮另一家”。这是谁这么讨厌，把电视打开了。不会是罗密欧，那家伙只是偶尔看场中国足球。哦！不好意思，是我的手机响了，白日梦醒，于是我知道，一个在物欲社会中谋生活的人，归隐只能是白日梦。

河北美食地图

端午节刚过，应邀参加“作家看河北”活动，我的目的有两个，为公是参观学习河北省“三年大变样”的优秀成果，为私是探访“红色圣地”和会朋友。此行对河北省的经济建设和城市发展印象深刻，特别是对各地区发掘本地文化方面所做的工作尤感钦佩。没想到的是，到了该“作文”的时候，我在河北省的经济和文化方面收获虽多，却忍不住要写河北的美食，显见得是“本性难移”。

第一天，北京——保定——石家庄

此前我因俗事滞留北京，只好沿“京石高速”前往省会石家庄，因此，当路过旧“直隶”省会保定时，便有了些感慨。保定城里有当年的直隶总督府，有在中国近代史上与“黄埔军校”同等重要，却被历史故意遮蔽的“保定军校”，还有“铁球、面酱、春不老”，以及我多年的朋友谈歌老兄。

我多次在天津见到谈歌，曾听他放言保定的“驴肉火烧”

天下第一。我相信他言下无虚。当初，在我将“以助谈资”为目的进行学习的时候，曾发现，近千年来，中国“八大菜系”都形成于华夏文化极端稳固的地区，而处于“交战区”的北方省份，多数都没有自己的菜系。河北省在元代之前一直是“远恶军州”，与北方长年交战的同时，也就不由自主吸收了一些北方游牧民族的饮食习惯，“胡饼”便是这种文化交流的结果之一。

“胡饼”类似于今天的烧饼，说类似于，是因为“胡饼”用的是动物油，只烙不烤。遥想当年的南北英豪，歇鞍放马，兵戈枕藉，将铛上新熟的“胡饼”一揭两开，夹上烧肉捧食，这是何等的爽快。张家口怀安县柴沟堡的熏肉，大约就是此种烧肉的遗意。这种食法流传甚广，《东京梦华录》中记载的“白肉胡饼”，或许可以算是保定“驴肉火烧”的滥觞。

前几天有位年轻朋友问我，为什么叫“火烧”。我告诉他，“火烧”是较为原始的名称，乃面粉加油盐烙烤而成，如果外沾芝麻叫“芝麻烧饼”，内实油酥叫“油酥烧饼”。河北省各地的“火烧”种类极多，有以烙烤工具区分的“吊炉烧饼”、“缸炉烧饼”，以形状区分的“罗丝转”、“牛舌饼”等。1981年暑假，我到承德旅游，早餐与当地著名的“口袋烧饼”相遇，搭配的那碗馄饨里，加了黄骅的虾皮和沧州冬菜，端的美味。只是，那年我还是大学一年级的学生，河北省著名作家群体“三驾马车”此时大约刚开始文学创作不久。等我到了石家庄，“三驾马车”全都见到了，何申老兄心仪已久，此是初见，谈歌和关仁山是多年来坚持不懈鼓励我创作的老朋友。

老友相见，自然是把酒言欢。当晚佐餐的是长城葡萄酒和衡水特制老白干。长城葡萄酒最早使用宣化葡萄酿制，如今它现代化的基地设在昌黎。宣化葡萄久享盛名，当年元太宗命人在西京宣德（即今宣化）栽种葡萄，有许多著名品种留下，最神奇的是其中的“牛奶”葡萄，可以剥皮取肉，刀切分瓣，不流果汁。衡水老白干是以酒精度数高享誉多年的“烧酒”名品，抗战期间，侵占河北的岛国小民日本兵，最大的奢望就是一杯七十多度的衡水老白干，加上半只保定马家老鸡铺的卤煮鸡。

河北省作协的主人一贯慷慨，当晚菜品丰而不奢，极尽雅思。只是我个人心中有那么一点小小的遗憾，就是席上只有南方的“茶树菇”，却没有令我日思夜想的“口蘑丁”。

所谓“口蘑”，是以张家口为集散地，出产却在内蒙古草原。“口蘑”是多种蘑菇的总称，其中最珍贵的便是“口蘑丁”，这是采蘑菇的人在日出之前赶到产白蘑的“蘑菇圈”，在白蘑刚一露头时便采摘，而后制成干品。我记不清在哪篇回忆文章上看到的，“九一八”事变之前，张大千托山货行家在张家口购买口蘑丁一市斤，售价银圆二十八元，可谓昂贵。1986 年我刚调入天津市作家协会，在承德参加河北省作协主办的“北五省文艺理论年会”，其间曾尝到一味“爆双丁”，是爆炒水发的口蘑丁和山鸡脯丁，鲜咸微辣，妙不可言，至今思及，齿颊留香。

美食最易引起联想，由口蘑丁，我又想到兴隆县山里出产的“肉蘑”。当年我姑姑的工厂被迁往“三线”，就在兴隆。她有时会给我家带些“肉蘑”，是他们自己采的。“肉蘑”一个个形似短短的小笔，用水泡发，洗净砂子即可入肴。当年物力艰难，我只记得用它炒过一次肉。我工作后到兴隆去，也曾买过一些，用它做打卤面极佳，但一定要放入泡“肉蘑”的汤，于是，卤中的“肉蘑”口感滑爽，滋味难以言表。

晚上散步，众人饱食厚味，施施然鼓腹而游，不禁思食开胃解腻之物，因时令不对，兴隆的山楂还没上市；又因天晚，店铺关门，也无处寻觅邢台的酸枣糕。不想，回到住处，赫然看到果盘中的猕猴桃。这种果品很早就在兴隆一带引种，上世纪八十年代初我尝过那里出产的猕猴桃罐头。此物维生素丰富，酸甜适口，正是解酒解腻的佳物。说到猕猴桃，我忽然记起曾在父亲家里喝过的一种酒，是青龙县出产的一种小名产，叫“都山古贡”。这种酒始于金代，是用野生猕猴桃配以药材酿造的美酒，色泽深紫，口味酸甜，风味绝佳，金人专门用它祭山川，祀祖先，睦邻邦。

到河北第一天，我做了一个悠长的美食之梦。

第二天，石家庄——赵县——西柏坡

赵县我上小学时就知道，因为那里有一座赵州桥。后来我还知道，赵县的雪花梨闻名遐迩，另外，在海外享名百年的“天津鸭梨”，其实产自河北省南部。

我上小学之前在沧州农村生活过很长时间，能够记得的，多半是些今天很难再见到的东西。今天早餐中有一品食物叫饸饹，幼时我在沧州老家食过此物，而且让我联想到另一种奇物,叫“榆树面子”。为了不至于弄错细节,我特地请教了我父母。我母亲家里人口少,用“榆树面子”都是到集上去买,不算便宜。当时农家做饸饹只能用高粱面,因为面粗不粘,必须掺入“榆树面子”,然后煮出的饸饹才会成形,而且粘滑好吃。一家人做一盆饸饹,熬些茄子或豆角,便是上等饭食。“榆树面子”的来源是我父亲告诉我的,他家人口多,得自己做,工艺要求是:伐鲜榆树,去粗皮,取内皮,晒干铡细,碾轧过罗成细粉,成矣。

下午到革命圣地西柏坡学习,行走在当年中共中央机关所在的院落里,深深被这些共产主义者所感动。当年,他们从陕西的穷山沟搬到这样一个穷山沟, 生活艰难是必然的,高粱面饸饹、榆钱糊饼应该没少吃,吃顿韭菜虾皮玉米面咸食,就类似于过年了。但这些人打下了江山,而且守住了江山,让十几亿人都能吃饱饭,当真了不起。

西柏坡革命历史博物馆的解说员真是多才多艺,晚会上他们表演了许多精彩节目, 同行的作家们也表演了节目,又好看又有趣。

险些忘记了,晚餐时遇到了来自我祖籍的“沧州金丝小枣”,被包裹在黄黏米粽子里。虽然史学界关于“稷”到底是哪种谷物的争论源远流长,再过一千年怕也难有定论,但我个人一直认为,作为百谷之长的“稷”,就应该是眼前的这种黄黏米,粟的一种。

河北之行的第二夜, 回想起我在中国革命史上下的功夫,很欣慰自己曾写过一篇名叫《长征食谱》的小说。

向无私的革命先辈致敬。

第三天，西柏坡——石家庄——邢台——邯郸

早餐：小米粥、挂面汤、红薯、玉米饼、虾酱、豆酱、保定槐茂酱菜等。

挂面汤里不知道用的是不是“藁城宫面”，这也是河北名产，孙中山先生曾经褒奖过。

虾酱天津汉沽也出产，但在这里吃虾酱，让我想起幼时在沧州农村，我姥姥偶尔会让我帮她到小铺里买一点虾酱，颜色中灰，极咸，上锅蒸食，如果能往里边打上一个鸡蛋，便是了不得的事情了。

玉米饼很香，红薯极甜，可惜没有红薯面饼子。我在姥姥家的时候吃过红薯面饼子，是用生晒的薯干磨面，做法和贴玉米饼相同，熟后色泽紫红，甜而粘，并不是很好吃，但想起来却别有滋味。

说到豆酱，我还有话要说。当时好像是深秋，姥爷带着我做豆酱。姥爷推石磨，磨炒好的黄豆，但也可能是黑豆。我帮着过罗，时不时抓一把香喷喷的豆面放在嘴里，姥爷看我偷嘴只是笑，满脸的汗。后边的工艺我记不清楚了，因为我困了，好像是往豆面里掺很多盐和少许水，捏成球放在瓦缸里。第二年再去的时候，我才尝到自己亲手做的豆酱，尤其是揭下玉米饼子焦脆的一面，抹上酱，宠我的姥姥再给我点上一滴香油，在两个舅舅羡慕的目光中大嚼，那种感觉至今再没出现过——舅舅的酱里没有香油，抹在我剩下的饼子上。

下午在邢台参观学习，特别是见到了那位坚持种树五十年的老同志，真的很感动。上山下山途中，随处可见巨大的板栗树，这些巨树在其他地方必定会被当作宝贝，而在这里，只将它们当作五十年辛劳的见证而已。

晚上到邯郸，下高速公路，便被赵武灵王的雕像震撼了。

因为我们的学习路线靠近河北省西部，离海较远，不过，在邯郸的晚餐，有虾和海参两味，佐餐的是本地名产丛台大籼。

我出生在天津，研究天津，知道以往天津人吃海鲜主要有两个来路，一是从大沽口沿海河逆流而上的银鱼、紫蟹；一是从河北省黄骅县上岸的对虾和三疣梭子蟹。因为海河大闸建成，金眼圈，红眼珠，通体透明的银鱼和大似银圆，小如铜圆，膏黄满腹的紫蟹，此时只存在于传说之中。而当年一毛钱一对，色若"青豆"的对虾，也已经变成了故事。不过，几年前我曾有过一次奇遇，也是参加河北省的文学活动，同行的徐则臣和李浩二位大才子可为见证。那是在吴桥，主人贵重，却只给每人奉上一只重约三两的小蟹。我嘴快，惊呼一声："没想到现在还有三疣梭子蟹？"于是主人欣然大笑，将我引为知音。

另外，到邯郸第一天，我还见到了另外一种传说中的奇果——涉县核桃。以我的弱手，居然能手碎之，且以指力剥皮取肉，不能不称为奇物。

邯郸的住处很舒适，枕上贴心地放了一小块巧克力。但如果将这巧克力换成一小块唐山麻糖会怎么样？别再乱想了，此可见人心之不足矣！

第四天，邯郸——石家庄——保定——天津

在邯郸参观学习，给我印象最深的是一座便民办公大楼和成语典故苑。便民办公大楼设计得极具巧思，通透的天井可以让市民一扫进入政府机关的压抑和惶恐。试想，作为邯郸的市民，许多重要的事情，在一座大楼里就可以从头至尾得到解决，这是多大的福气，这样的政府又需要多大的魄力和胸怀。

多数中国人都知道“一枕黄粱”的故事，但并不是每个人都知道这个故事发生在邯郸。中午，邯郸的领导给我们介绍他们排演的《邯郸梦》，我则给人家胡出主意，说应该给这个戏搭配些衍生产品，如用磁州窑的瓷枕，装上邯郸著名的小米，观众看过《邯郸梦》之后，可以买一套回去，亲手煮黄粱饭，枕磁州枕，做《邯郸梦》，借此警示世人，贪欲和不知节制有多么可怕。

午餐有一道小菜，是皮薄肉厚的鸡泽椒干，挂糊滚芝麻，油炸而成，酥脆鲜香，且辣得开胃。由此我又想到河北的另一种辣椒，望都县的“羊角辣”，色泽紫红，形似羊角，当年是中国最负盛名的“三都”（山东益都、四川成都、河北望都）辣椒之一。

天下没有不散的筵席，当晚我们启程回津，因关仁山兄有事去保定，我们便一路同行。谈歌陪同蒋子龙主席和肖克凡兄乘一辆车，我与仁山同乘。一路上仁山对我谈了许多至诚君子的言语，让我受益甚多。

车到保定高速口，约好在此换乘作别，不想，谈歌兄早安排了夫人和徒弟在此迎候，送我保定“驴肉火烧”十枚，阜平大枣酿的枣酒两壶。谈歌兄的深情厚谊，细密体贴，令我感念不已，况且，有这些妙物随身，即使路过天津不停车，估计够我坚持到广州。

河北一行，让我感触最大的是全省人民改变生活、改变处境的决心和毅力。其实，在造福于人，谋生于己的过程中，最可怕的不是困难，最可怕的是“畏难”。此次我穿行河北省，由北至南，随处可见的都是昂扬的意志，敢做敢当的精神和周密细致的工作方法。河北人今天在给自己种“福田”，明天他们将收获的是“福祉”。

感谢河北真诚的朋友，感谢所有帮助过我们的人，我会记住这一切，且徐徐报答之。

日本酒友

前几日受朋友相邀，我曾两次光顾紫金山路的樱花料理,老板姓杨,是曾独自闯荡日本的中国武师。这里店堂极小,食物极地道,而且,我在这里还发现了一种如假包换的本地食物——炒五香花生仁。每一位日本酒客面前都有浅浅的一小碟,大约十几粒,很精致地在吃,倒是中国食客的桌上杯盘罗列,剩下的比吃下去的多。

将近三十年前,我也曾有过同时遇到日本人和五香花生仁的经历。那时我在上大学,与几位留学生一起唱京剧。有位日本女留学生会唱一段《春秋配》,也跟着我们一起玩。她的书包里有一只很精致的密封盒,里边是一包干燥剂和半盒五香花生仁,只有遇到最好的朋友,才肯分给对方三五粒。她告诉我,每个月她都要花一百五十元邮费,给她爷爷和父母寄去半公斤五香花生仁,因为她爷爷年轻时曾是天津驻屯军的少尉,回国后最让他牵肠挂肚的,就是五香花生仁和天津包子。

此后多年，我研究近代城市史的时候，专门在来华的日本人身上花了些功夫，结果发现，上个世纪初叶，让来华的日本人最感觉吃惊的是中国的食物和中国富人对食物的浪费。当时这些人多数都自觉记录在华的所见所闻，作为“社会情报”送回日本，其中一些记者和作家写了大量关于中国食物的文章，在日本引起轰动。据说，当时的日本政府曾一度禁止刊登有关中国食物的报道，原因是这些文章已经引起社会普遍的不安。记得，我曾经半开玩笑地问过这位日本同学，当年的日本兵为什么进入中国村庄之后，第一件事就是“抓鸡”？这位同学很认真，写信回去问她爷爷，得到的回答是，当时日本粮食不足，没有粮食喂鸡，猪牛羊肉就更少见了，有些贫穷的日本人，一生怕是都没吃过鸡肉，更不要说中国的“道口烧鸡”和“德州扒鸡”了；他们来到中国之后，最先下手的就是鸡，其他肉类则是在肠胃适应了油腻之后才开始享用的；不过，因为他驻扎在天津，军纪规定不准吃中国食物，他们只能偷偷地让中国人帮他们买来吃，为此，中国人常会笑话他们……后来，我在“东史郎”等日本士兵的日记中，证实了这位老先生所言不虚。不过，我上大学的时候日本人很富裕，中国人很贫穷，于是，我们便很难想象祖辈在食物上生出的骄傲。

在那家日本菜馆，我的朋友遇到了他的一位日本酒友，便叫他过来同饮。这位日本酒友是位大企业的高管，五十多岁，话不多，整晚都在礼节繁复地给大家斟酒，听我们讲笑话他也跟着一起笑。我的朋友说，日本酒友其实能听懂我们讲的每一句话，但他在酒桌上很少讲汉语，即便开口也只是几个应酬的单词。我问日本酒友为什么不讲汉语，他说“谦虚使人进步”。我问他要是和中国人吵起来怎么办？他说我只跟日本人吵架。

为了写抗战背景的小说，我对日本料理做过一些粗浅的研究，日本菜肴也品尝过不少，但这些都不是今天要谈的。我想说的是，要想了解日本人，必须得与他们亲自接触才行，书本上得来的东西多半都不可靠。与那位日本酒友第一次见面时，我让菜馆老板当翻译，向他请教了几个极粗浅，却在任何专著中都难以找到答案的问题。例如，为什么日本料理的菜量那么少？他告诉我，日本宴席自古就“分食”，菜品多了，菜量自然就少，这是贵国唐代的好传统。再例如，日本人为什么多在餐后饮酒？他说，有健康饮食的原因，也有经济上的原因，日本男人下班后先吃一碗便宜的荞麦面，然后再到酒馆中饮酒，这样一来，花的主要是酒钱，而不用买很贵的酒菜。我问他中国人的饮酒习惯怎么样？他说中国人有钱。我问是不是中国人的钱更容易赚？他说也可以这么说。我问为什么？他说中国人是世界上最“大方”的人。

那天我与这位日本酒友聊得挺投机，渐渐地连翻译也不用了。分手时，我的朋友告诉他，第二天晚上我们还会再来。第二天见面时，日本酒友给我带来一小包日本糖果，直接用汉语对我说，你应该请我品尝最原始的天津包子。我问为什么？他说你在小说里请日本人吃过天津的肉包子。我问他什么时候读过我的小说？他说昨天夜里，在网上读的，你把日本人写得都不太友好，但你却常常在小说里请他们吃中国食物，这很好。

我答应了日本酒友的请求，同时心情也很复杂。我不记得告诉过日本酒友我的职业，也没交换名片，不想，他却为一次毫无实际意义的会面，事先做了如此充分的准备。由这一点推想开去，或许我们真的并不了解这个邻近的民族，或许我们之间的误解远远大于理解，或许我们相互之间放大了对方的缺点，缩小了对方的优点，又或许我们“麻秆打狼，两头害怕”。

衢州美食寻踪

我五十岁生日在磐安吃鱼面，五十二岁生日在青田吃索面。今年十一月，将近五十三岁生日时，我在衢州江山县吃了碗“大陈面”。“知天命”之后，居然在浙江吃了三次寿面，不能不说我与浙江缘分非浅。

中国“八大菜系”中，浙菜在苏菜和闽菜夹击之下，原本不以调味自高，不承想，衢州菜却独张异帜，居然以辣味为主调。据说，当地人为了增加辣度，常会做出“红辣椒炒青辣椒”的异行。我对这件事想了许久，最后才想通。衢州亦称“三衢”，也就是浙闽赣三省通衢的意思，既然是交通要道，必定有都市气象，也就是兼收并蓄，为其所用，于是，衢州菜便同时兼有浙菜、闽菜和江西菜的特色了。当然，还不能忘记安徽，衢州随处可见的徽派建筑便是明证，菜品中自然吸收了徽菜的古意。衢州菜中辣味的代表作为“三头一掌”，其辣直入经络，如今名气甚大，知道的人多，这里就不谈了，还是谈谈我边走边食的观感。

在酒店里吃自助早餐，清淡鲜咸的雪菜居然是翡翠中令人心痒难挠的“黄杨绿”色。十一月的雪菜是时令菜，用盐浅腌为小菜，配一碗福州人坚称其独自发明的“燕皮馄饨”，顿感肠胃温暖舒适。因为怕伤胃，我向来早餐不吃粘食，但此刻却做出了一个大胆的决定，要尝一尝本地的肉粽。二十五年前，也是十一月，我带着太太来杭州新婚旅行，火车夜过嘉兴，车站上有人叫卖热肉粽，我给太太买了一只，半尺多长，肥肉莹然，瘦肉嫣红。我怕太太积食，嘴上紧着劝：咬两口尝尝就得了，前途美食无数。为此便落下二十五年的积怨，我太太每思及此，常怨我没让她将肉粽吃完。衢州的肉粽有特色，竟然添了辣椒，肉块则是迷人的赭红色。于是，我每早进食辣味肉粽一枚，算是替我太太“还愿”了。

衢州山高路远，海鲜少，但我还是尝到一味酸豇豆辣炒小螺片。螺片稍硬，但酸辣得透彻，有震霍胃口之功效，令人食欲大增。另外一道凉菜，似藕非藕，色如白玉，只有食指粗细，斜切成段，精致得好似工艺品。我最初以为是“藕带”，此物湖北孝感最出名，细问之下，本地人却称为“藕尖”。这道菜有浙菜的特点，配上青瓜和彩椒凉拌，滋味清远，像位洁身自好的名士。有一物不明，必当追根溯源，这是美食家的基本功。回家之后我详查“藕带”与“藕尖”的区别，原来却是同物异名，都是莲的幼嫩根状茎，由根状茎顶端的一个节间和顶芽组成。《本草纲目》引用汪颖《食物本草》称，藕带有“解烦毒，下瘀血”的功效。看起来，这还是一道能使人心情开朗的佳肴。至于其口感，脆嫩单纯，美妙之处似交益友。

我生活在北方，那里除去烤鸭，很少有餐馆能做好鸭子，因此，我每到江南，鸭子是一定要吃的。衢州鸭子当然不是蒲松龄《聊斋志异·衢州三怪》中的“鸭鬼”，而是名曰“长寿鸭”的釜烧鸭子，不辣，却有股淡淡的药香。中餐有药膳传统，药膳厨师想尽一切办法避免菜里有中药味道，殊不知，药香在汉文化中是最具隐逸意味的香型，能让人产生高山结庐，逃离十丈红尘的遐想。这只鸭子盛在黑色陶釜中，身下衬着稀疏的竹篾箅子，应该是怕鸭皮粘住釜底，导致陶釜加热时开裂。鸭皮薄亮，色如重枣，应该是先将鸭坯抹酱腌制，接着油炸上色，最后才烧制。釜底只有很少一点浓汤和厚厚的鸭油，调味料都被捡了出去，应该是为了避免泄露厨中机密。我伸箸从鸭翅上方结缔组织里取下一片带皮鸭肉，这等最难烧透的地方也口感软烂，滋味绵长。于是我明白了，这鸭子应该是在大锅宽汤中炖到糯而不散，临上桌时移入陶釜，再加热激发出浓汤中的药香，从嗅觉上先声夺人，吸引食客的注意力。对于这种滋味和口感，我的味蕾有记忆，发生在衢州邻省的江西瑞金，那里有一道名菜“李德鸭”。这道菜发明于上世纪三十年代，地点是瑞金苏维埃共和国，主要人物是共产国际派来的军事专家，德国人李德。综合各种史料和传闻来看，李德对他的中国妻子肖月华非打即骂，借口常常是肖月华没能将苏维埃“特供”给他的一群鸭子烧成美味，为此他甚至砸碎了铁锅。肖月华无奈，只能向“老表”借了一只砂锅炖鸭子，不想，烧成的鸭子味道绝佳。原来肖月华借来的是只药锅，“老表”同情她的不幸，又给了她一张十三味药的清解温补药方，让她照方抓药给李德烧鸭子。这位可怜的女子发明了这道美味，却并没能改变李德对她的打骂，直至到了延安以后方才离婚。“李德鸭”药香浓郁，衢州“长寿鸭”药香悠长，两者各具特色，难分高下，都是稀世美味。有人也许会问，到底是“李德鸭”传到了衢州，还是衢州“长寿鸭”传到了瑞金？其实，用中药烧制肉食，从五千年前的“钟鸣鼎食”时期就发明了，衢州能留下这道好菜，是交流的力量和兼收并蓄的结果。

饱食思动，我步行至衢州道贯巷。汉文化传统最重师承，各行各业都有祖师爷，而作家这一职业的祖师自然就是“德配天地，道冠古今”的孔夫子了。道贯巷又称“道冠巷”，这里有孔子嫡系后代所建“南宗”孔氏家庙。蒙孔氏南宗奉祀官，孔子七十五代孙孔祥楷赠送《论语》一部，大喜过望。其实，孔夫子也是美食家的祖师，他给后代美食家制定了一系列纲领性的规范，如“席不正不坐”；“食不语”；“食不厌精，脍不厌细……色恶不食，臭恶不食，失饪不食，不时不食，割不正不食”；“君子远庖厨”等等。同时他还借着表扬弟子颜回强调，美食非奢侈之事，而是关乎品德的修行，他说：“贤哉回也，一箪食，一瓢饮，在陋巷，人不堪其忧，回也不改其乐。贤哉回也。”孔夫子的深意应该是，要想成为美食家，先得成为刚正严谨且又不失活泼的君子。

晚餐在江山县，据说此地有一百多种方言，而且历史上人才辈出，最著名的食材是大白鹅。不论车行步行，此地常能看到成群的羽毛雪白，蜡黄嘴掌，高冠阔步，全不畏人的大鹅。中国古人有能耐，将天上排列成行的鸿雁驯养成家鹅，体重四到六公斤，然而，禽类越大，肉质纤维便越发粗长，很难烹制。从文化传统上讲，自明代之后，人们每想到食鹅，就常常会想起明太祖赐徐达食蒸鹅的典故。我也有同样的心理阴影，因此，行走全国各地，总是避免吃鹅类菜品。今天上桌的是著名的"三套鹅"，大白鹅腹中塞入了本地另一种名产——白毛乌骨鸡，盛在巨大的砂锅中，是清炖的手法，汤浓似乳，香气袭人。出乎意料的是，鹅肉酥软细腻，不柴不老，滋味清远。当年我到王羲之写《兰亭集序》的会稽山游玩时，怀揣王右军爱鹅的故事，眼望"鹅池"中的群鹅，心中却冒出另一种怪念头：书圣王大人养鹅难道仅仅是为了书法，他不吃吗？他会用哪种烹饪手段？此刻在江山县，品尝大白鹅，心中冒出的念头却是：抗战时期在陪都重庆，军统局长戴笠与毛人凤等江山县出身的心腹会餐，口吐难懂的江山方言，毫不担心旁人窃听，这些时候，他们会不会也从心底有感而发，像"莼鲈之思"一样生出"白鹅之思"呢？四川的鹅会像江山的大白鹅这般细嫩美味吗？

中国的饮食史其实就是一部政治史，也是一部杀伐史……不谈这话题，还是谈食物有趣些。晚上在衢州文联品茶，我为巨型徽派庭院建筑的宽敞与繁复而惊叹。主人有雅趣，办公室内摆放着多种自制的干花，插在陶瓮瓦釜中，看似随意，其实深具巧思。茶是与我同龄的陈年好茶，茶点是衢州独有的椪柑、胡柚、竹炭花生，还有古代文人画中常常用来寄托情怀的柿子。此地的柿子与我家乡的磨盘柿子有很大不同，它是在树上自熟的，柿叶全部落光之后，色若蜜蜡的柿子挂在枯枝上,入诗入画,美得让人心醉。很久以前我曾有过一个梦想,就是在天津蓟县山里买个小院,种上一株核桃树,一株柿子树,两树谐音为“合适”;再在门前拴一头毛驴,赶集买菜时便骑着它去。如今想来,内心世界的和谐没必要非用两株果树暗示,行动的逍遥也无须骑着毛驴向旁人证明,这些都着了痕迹,都是虚妄,属于虚荣心的一种。此刻在百年庭院之中,坐对贤友,细品佳茗,谈些山川草木的话题,探讨几句“易牙之术”,便是将心放在了日常行止之中,便是“合适”,便是逍遥。

龙游县的廿八都很值得一游, 成片的古建筑保存完好,小街小巷,古意盎然。这里有一道特色小吃“铜锣糕”,方砖形状,密封包装,携带方便。铜锣糕烹调方法有二:一种是切片油煎,外脆内糯;另一种是切片后,上笼屉蒸透食用。我喜欢后者,色泽深沉,如最上等的碧玉。这种食物与我相遇多次,在邻近的丽水市云和县,此物有个古雅的名字叫“蓬俺”,有甜咸两种馅料;在贵州的湄潭县此物叫“清明粑”,包豆沙馅食用。与以往不同的是,此次我将这种食物的染色秘密终于弄清楚了。这种深沉的绿色来源于植物“鼠尾草”,它的别名甚多,在湄潭叫“清明菜”,在丽水叫“青蓬”,在龙游县廿八都则叫 “佛耳草”, 都是菊科鼠尾草属鼠尾草, 学名 Cudweed Herb。它野生于山坡、田间、路旁,贱生贱长,春季未开花时采摘洗净,在开水中焯熟后,挤出水分,放在筐箩中让其自然发霉。经过霉菌转化,待它散发出一种独特的香味时,便是成品,可当即使用,也可晒干存储,留待冬天使用。美食家如侦探，探寻食物秘密的过程如同推理小说，乐趣无穷。

我今年来浙江较早，原以为美味的冬笋还没生出，心中遗憾是难免的。不想，在开化县我们以笋肉馄饨这种隐蔽的形式重逢，他乡遇故知般惊喜。在此之前，我对此地的了解仅限于名茶“开化龙顶”，茶芽如胖针，绿色淡，香气清，滋味长。开化县是钱塘江的源头，有好水必有好鱼，草鲤鲢鳙都被本地人称为“清水鱼”，单用“美味”二字不足以形容。然而，最为紧要的则是，此地有一种全世界独有的食物，它叫青蛳。

螺蛳是中国特有的生物，只分布在浙江和云南、贵州三地，是软体动物门腹足纲前腮亚纲中腹足目田螺科螺蛳属方形环棱螺，学名 Bellamya quadrata。螺蛳外壳呈褐色，肉味鲜美，尤其是雄性生殖腺，俗称“螺黄”，更是美味异常。大约三十年前，我在云南参加会议，从阳朔乘船回桂林，亲眼得见几位著名评论家，用高妙的技巧和雅俗各异的姿态，风卷残云般吃掉船家满满一搪瓷盆螺蛳。而江山县的青蛳更是不同，蛳壳是深绿的黛色，近似于唐代宫女画眉的“螺子黛”，看一眼展子虔的《虢国夫人游春图》，便能对这种颜色之美有直观感受。这种青蛳，全世界只在江山县出产，肉色灰绿，雄性生殖腺则是春茶芽尖般的嫩绿，是螺蛳中的极品。据说在夏天的时候，农民下田耕作，折一把柳枝丢在溪水石缝中，傍晚荷锄而归时，柳枝上已爬满青蛳，带回家去，农妇剪掉青蛳尾端，加葱姜蒜、紫苏、辣椒和黄酒一炒，正好下酒。江山县的青蛳全年皆有，我这次也尝到了，将拇指和食指捏住蛳壳，用嘴轻轻一吸，蛳肉脆鲜，尾端清甜，当然，还有调味的辣，是那种挥汗如雨的辣,也是酣畅淋漓的辣。

读万卷书,行万里路,而行路的妙谛则在于衣食住行和人情世故。我的中华美食行衢州站,到此只是一个小结。能在此品尝到全世界独一无二的物产，我只感觉造化之神奇,人生际遇之奇妙,当然,更要感谢衢州的贤主人。

闲话“渡鱼腐”

要谈渡鱼腐，绕不过另一道名菜“渡鱼白”。故老相传，白河（即天津海河）的上游有一座孤山，名叫红矾山，山下河水长年不断，水中出产一种独特的“核桃鱼”。这种鱼体宽肉肥，但体内带有致命的红矾，鱼肉不能食用，然而，其雄鱼体内的鱼白（鱼的精子）却味道鲜美异常，并有滋补的功效，让河边的人们获益良多。后来人们学习此法，采用各种鱼的鱼白烹制这道菜肴，便是日后的“渡鱼白”。只是这“渡鱼白”的“渡”字作何解释，人们一直也没有弄清楚。本人遍翻辞书野记，也未发现与此有关的内容。也许当年庖人无识，随口叫来，至今也就无法深究了。

天津著名的清真菜馆鸿宾楼饭庄在清末开张，也经营这道名菜。只是，这道菜的致命缺陷是原料来源奇缺，如果节令不对，数十条雄鱼中也未必有几条鱼白。清末民初是天津城的黄金时期，发财容易，民尚奢华，这道菜的价钱越高，原料越难得，食客反而越发的踊跃，鸿宾楼一时也难以招架。情急之下，鸿宾楼的名厨宋少山和徒弟周金亭想出一条偷梁换柱的妙计，用黄钻鱼肉剥皮去刺，斩作鱼茸，制成牛舌状，与鱼白的形状、色泽相仿佛，便有了今天的"渡鱼腐"。这道菜加工精细，味道鲜咸适口。最出人意料的是它的口感之滑腻，滋味之绵长，让人无可名状，被食客称为"来源于渡鱼白，而高于渡鱼白"。在那个以讲究吃为雅事的时代，此菜一出，轰动津门，各级官员、名商大贾纷纷拥向鸿宾楼。鸿宾楼掌柜的也不禁感谢流年之幸，大发利市。也就在这个时候，天津来了一位权倾朝野的贵客——独掌朝纲的庆亲王奕劻的长子载振。

载振这次从天津乘船出使日本，是代表大清国去参观在大阪举行的世界博览会，顺道考察各国商务，为大清国日后成立商部做准备，也是为他出任第一任商部尚书培养资历。这样一位贵客过境，自然忙坏了天津城的大小官员。第一天便是载振的换帖兄弟、北洋大臣、直隶总督袁世凯在总督衙门宴客、观剧，新近出名的坤伶杨翠喜的一出《霓虹关》，便迷倒了这位振贝子，而此微妙关节又恰恰落在了一位有心人的眼中。

这位有心人名叫段芝贵，是天津的巡警道道台，他的心中有一点妄想，正在钻营机会。他的妄想就是到东三省当一任巡抚。当时日俄战争刚刚结束，俄国战败，交出东三省，而美国调停的结果是将东三省归还中国。一时间，所有自认为有机会升官到东三省的人都在活动。只是，段芝贵不过是个四品道台，按照清制，他要爬到二品的监司大员，还有好一段路程。不过，他看中了庆亲王父子这条门路，认为大可一赌。

第二天，段芝贵与他的买官出资人、大盐商王益孙在鸿宾楼设宴，以渡鱼腐款待载振。之所以选在这里，是因为与载振联袂出国的内务府大臣那桐。载振虽然是个贵胄公子，但讲起吃喝玩乐，他是拜了那桐为师的。那桐的起居饮食继承了内务府的传统，精于饮馔，家中庖厨之精甲于天下。载振好饮食，好美色，好冲动是出了名的，他两年前有过一次豪举，因为他家的一名厨师从奢侈到浑蛋地步的河道总督衙门偷艺学来一道“扒通天翅”，他居然赏了那个厨子一个佐杂小官。

当时渡鱼腐刚刚创制，名声尚不出津门。段芝贵精通侍候贵人之道，赌的就是这道美味。果不出所料，一味渡鱼腐大获朝廷两位尊贵食家的赞赏。更让载振喜心翻倒的是，段芝贵巧妙安排杨翠喜席间来拜，她的应酬功夫出自家传，自然是八面周到。至此，段芝贵的那个妄想竟然有了几分眉目。

日后，段芝贵花费一万二千两纹银买下杨翠喜，送与载振；他又向天津盐商借贷，辇金入京，为军机大臣领班、庆亲王奕劻祝寿，使他终于得偿所愿，署理黑龙江巡抚。至于后来他被御史赵启霖参奏去职，杨翠喜之事闹得臭气熏天，那都是题外话，与咱们谈论的这道名菜无关了。

记忆所及，与渡鱼腐有关的还有一件逸事，可为诸君茶余之享。1974 年 2 月 2 日，《人民日报》发表社论《把批林批孔的斗争进行到底》，宣告：“一场群众性的深入批林批孔的政治斗争正在各个方面展开。”就在这个时候，江青悄悄住进天津市第一招待所。她此来的目的当然是想在天津这个北京的门户为政治运动大造声势。

江青为人矫情多欲，美食是她享受生活的重要内容之一。她出行总是带着几名淮扬菜厨师，都是熟习她口味的高手。不过，她却没有多少学问，在美食上她最多不过是个耳食之徒而已。也正因为耳食的弱点，不知听了哪一献媚者的主意，她一定要尝尝天津的名菜“渡鱼腐”和炒青虾仁。

这两道菜点的实在不是时候，时值严冬，河水封冻，到哪里去找黄钻鱼和青虾？这可急坏了天津市革委会上下人等，派出三路人马，分赴子牙河、潮白河与海河，去完成这件重要的“政治任务”。

三十年前的天津，三九时节，滴水成冰，可不似今日这般和暖。这个时候，捞青虾还好办些，凿开冰眼，多下几十个虾篓，总会有收获。好在江青并没有兼人的食量，有二十几只青虾，完全可以对付出一小盘炒青虾仁来。捕黄钻鱼就没这么容易了，黄钻鱼食量大，长得快，普通的七八斤，大的二三十斤，在水中力大无比，等闲渔网碰着它，一撞便是一个窟窿。可怜那些革命群众，在各条河里下了几十网，一直折腾到深夜，捕上青、鲤、鲢、鳙各色鱼等无数，毁掉渔网七八张，却不见黄钻鱼的踪影。最后还是一位在白洋淀长大的干部，浑身上下遍擦烧酒，下水摸上一条一斤多重的黄钻鱼崽子。这位同志至今仍然健在，提及此事，常感叹世事难料。从此后，渡鱼腐便升格为天津接待贵宾的一道本地风光。

据说，那天亲自为江青操刀的便是宋少山的高徒周金亭老师傅，可惜未能采访到周老先生本人，不知江青对这两道天津名菜作何评价。我想，江青为人眼高于顶，未必能理解天津食家对黄钻鱼和青虾的感情，那位给江青献计品尝渡鱼腐和炒青虾仁的家伙，也许与当时天津市革委会的头头有私怨，明知时令不对，却故意出了这么道难题，好让对手出丑。此人必是深通为官之道，机心之深，每每思之，令人脊冷。

前不久，叨友人之光，得尝此佳味，果然是盛名之下，必无虚士，可谓大快馋吻。渡鱼腐的发明，至今将近百年。在此佳味面前，不知发生过多少故事。可惜的是，能够被人们记住和记录下来的太少了，否则本地史料中，不知会增加多少耐人寻味的内容。

细数“八大碗”

天津卫这个地方与上海、北京等五方杂处，人来人往的城市一样，饮食上虽有些特色，但无法形成自己的菜系。因为，一个菜系的形成，其基本条件就是要半封闭地经营几百年，少受外来干扰，方才能将地方性饮食习俗凝练成一个系统。天津人的祖籍天南地北，口味无所不包，也就乐得享用现成的各菜系美食，没必要为创立新菜系再费心思。发明了一个“八大碗”，也只是为了方便、体面罢了。

说到体面，天津人虽不如北京满族人那般多礼，为好面子而破家，但排场、脸面还是要的，八大碗的出现恰好应对了这种心思。忘了提醒一句，八大碗是一种酒席的形式，以八个大碗盛装菜肴为主。

这种席面出现的确切年代，发明人为哪位先贤都已不可考，只知道它在天津开埠之后才兴盛起来，因为，西风东渐，世尚奢华，本地的消费水平已与往日不可同日而语了。记得大清道光十八年，林则徐派为钦差大臣，查办广州海口禁烟事务，陛见后出京，在天津歇马，直隶总督特地从保定赶来天津，因为关防严密，不得私见，便送了鱼翅席一桌（主菜为红烧大排翅或清汤鱼翅）给林大人。其下幕僚、官员等一律红烧肉、摊黄菜（炒鸡蛋）、大馒头，无酒，其时之俭朴可想而知。到光绪帝时，帝师翁同龢回乡守制，路过天津，直隶总督、天津海关道等官员送酒席无数，连跟班、差役吃的都是海参席（主菜为扒梅花参），由此可见世风变化之大。

这里讲的八大碗相对而言就很低档了，不是给官员和富绅们吃的。官员们往来酬酢的酒席有官例，由高档往下分为烧烤席（俗称满汉全席）、燕菜席（开席第一道主菜即为一大碗燕窝，鲜咸口）、鱼翅席和海参席。天津著名的“八大成”饭庄擅长这种席面，在这里叫八大碗只会丢人现眼，连堂倌都会笑话你不是上等人。

八大碗这种酒席是为少花钱多办事的平民准备的，只有承办普通酒席的二荤馆和酒席处才有，如天一坊、什锦斋、慧罗春等。这种席面最突出的特点就是量大肉多，八人一席保证能吃饱。最初的菜品设计是为市民中家道殷实者准备的，价格并不算很低，后来，随着社会需求的不同，八大碗渐渐分化，分为细八大碗与粗八大碗两个系列。

粗八大碗的菜品主要有：熘鱼片（取自青鱼或黑鱼）、烩虾仁、全家福（用海参、鱼唇等多种水产品制成）、桂花鱼骨、烩滑鱼、独面筋、氽肉丝、氽大丸子、烧肉、松肉等。细八大碗的菜品主要有：炒青虾仁、元宝肉（蒸扣肉）、烩鸡丝、烧三丝、烧南北（冬笋、口蘑）、青蒸羊肉条、蛋羹蟹黄、全炖（水发海产品)、海参丸子、清汤鸡、拆烩鸡、烧鲤鱼、玛瑙野鸭等。以上菜品根据时令和需要搭配成八种,用大碗装盛,便成八大碗席面。八大碗席面可带凉菜,也可不带,于是,天津便有了一句俏皮话,“八大碗不带凉碟——直跑”。如今,八大碗已经消失几十年,这句话也就成为死亡语言,不再有人讲了。

八大碗的价格适中,上世纪二三十年代,正是八大碗大行其道的时候,四十四斤一袋面粉一元八角到二元一角不等,粗八大碗一席(酒水在外)大洋一元二角,细八大碗一席大洋一元六角到一元八角。一个政府部门的三等科员或中学教员,月薪三十元左右,养家之余,喜寿事请八大碗的酒席还是可以办到。依此类推,当时有此经济条件的食客颇多。

当时天津人喜欢在家里请客、办喜事,一来方便,二来吃剩下的折箩还可以馈赠邻里或自食。此事多是请中小饭庄或酒席处来人操办,规模较大的还可以在院中或门口搭起席棚,临时支上炉灶,派厨师掌灶操作,从几桌到几十桌均能操办。如果是寿席,酒席处还会特地在主桌上用豌豆面制成寿桃,点上红色素,衬以绿叶,以烘托喜庆气氛。

寻常人家来了尊贵客人,视人数多少,还可随时到酒席处或二荤馆叫上一桌或半桌八大碗,他们会派专人挑着圆笼送上门。送到的菜品上边都有一个马口铁的尖顶圆罩罩在上面,既卫生,又保温。1920年前后,天津还兴盛过一阵“席条子”,这种礼券是从酒席处买来的,既可凭条子随时取食,也可当礼物送人。席条子上注明宴席规格,例如上席细八大碗,或者较便宜的粗八大碗和素席八大碗。

用八大碗最多的要算锅店街、估衣街、大胡同、宫南、宫北一带的商家和货栈了。天津传统商业发达，商人往来，离不开饮食。特别是东北、西北的老客和南方的绸缎商、茶商携货住进客栈，代为卖货的客栈主人往往叫八大碗招待，货物的价格、存期，押货、押款，以及远期货品的预订便都在席间谈妥了。此后，客人可在货栈中住宿，吃一荤一素的免费伙食，也可自行料理。货款收齐，老客临行答谢货栈的东家、伙计，也照例是叫八大碗。

由于八大碗这种形式广受市民欢迎，很快便传播到了北京、保定、石家庄等周边地区，其他饮食行业也由艳羡到起而效仿，其中最出名的要数素八大碗和回民八大碗。

素八大碗最著名的要数东门外宫南大街石头门坎素菜馆，其素八大碗分别为炸元宵、烩素面筋、素杂烩（腐皮、面筋、木耳、豆芽等）、烩鹅脖（用腐皮卷粉皮等制成）、炸烙子、素肉、素烧茄子、炸素丸子等。回民八大碗兴起于天津城西北角大、小伙巷，菜品有红汤肉（牛肉）、白汤肉（羊肉）、汆丸子（羊）、滑鱼片、拆烩鸡、烩虾仁、独面筋、红烧鲤鱼等。红烧鲤鱼大多时候都要上，用的却是鱼盘，因而实际上是七碗一盘，混称回民八大碗。

八大碗传入东北奉天与军阀张作霖大有关系。据说，1924 年“二次直奉战争”，直系军队因冯玉祥临阵倒戈而大败，奉军占领京津。11 月底，张作霖秘密潜入天津，一来为窥探北上的孙中山，二来是找天宝班的掌班小李妈“斗什胡”。张作霖平生没什么消遣，最大的嗜好就是斗什胡——旧时纸牌戏的一种，而他最喜欢的对手唯有小李妈一人。这次他的专车到达天津北站时已过午夜，当即直奔天宝班。此时各大饭庄早已关门熄火，小李妈全无准备，只得将厨下客人吃剩下的菜整治一番，拿来应急，其中就有一味拆烩鸡。许是张作霖饿了，食这碗拆烩鸡大是得味，询问左右这菜的由来。在一旁“镶边”的吉林都督孟恩远说明，这是天津有名的八大碗菜品之一，改日他请大帅品尝八大碗全席。

择日，孟恩远在“八大成”之一的聚和成请张作霖吃八大碗。聚合成觉得八大碗这种粗菜怎么能给张大帅吃？便将菜品换成一品官燕、烩乌鱼蛋、鱼翅四丝、烩鱼钱羹等。不想马屁拍到了马腿上，张作霖席间甚是不满，其情景之难堪可想而知。不过，张大帅在天津吃八大碗这件事却传布甚远，奉天一带的大饭庄纷纷派人下天津卫，学习八大碗手艺，八大碗就此传出关外。

八大碗出现在十九世纪末，兴盛于二十世纪二三十年代。日军占领华北之后百业凋零，新中国成立后政府号召勤俭节约，改革开放之日，新菜系、新菜品又大举入侵天津，于是，八大碗的酒席再也没找到一个合适的机会复兴，如今只有少数餐馆将其当作古董菜品，拿出来应付游客而已。

后记

人们在生活中常会谈论到天资或天赋，特别是面对儿童，往往是一句“天资聪明”便笼而统之地概括了，其实这是客气话，说话者并不当真。但当客气话说完之后，孩子的家长有时也会陷入怀疑之中，自己的孩子真的有天资吗？实言相告，真的有，每个孩子都有，只是，他所具有的天资，往往不是家长所期待的那种为当下社会所追逐的与名利相关，能让孩子快速“成功”的天资。此天资非彼天资也，于是就成悖论，家长与孩子都痛苦，孩子身上的那些天资甚至会被家长和老师有计划地压制，消解，于是，这些天资便被浪费掉了。到这些孩子长大成人，特别是中年之后，有了思想和生活的自主能力，当年被压制的天资有时会苏醒过来，以业余爱好的形式出现在生活中。这种爱好或称之为“偏好”，原本应该是他们一生所从事且乐在其中的职业生活，只是“师长弄人”，“造化弄人”，让他们不得不从事不喜爱的职业，以顺从社会价值评判体系。于是，现代社会中多数人职业生活不快乐，只有少数人敢于反抗早年对天资的压制，便有了跳槽、辞职、下海、改行等行动，然而，由于开始的几十年里并没有对天资进行充分的培育，于是，在反抗生活，回归天性的行动中，达成目标者只是少数。

需要说明的是，每个儿童身上不是只有一种天资，而常常会是几种天资共存。尤其需要特别强调的是，这些天资在儿童时期，总是会以“不上进”“无用”和“没出息”的样式表现出来，所以才会被师长压制。因为老师和家长所认同的“天资聪明”，只有那些“三岁识千字，五岁会唐诗”，或是写写画画，弹琴跳舞之类，因为许多家长心底都藏有一个无法明言，非常俗恶的念头：“万一我的孩子有这方面天分，能够成为某种大人物呢。”

我见过真正才华横溢的人物，清楚地自知才能有限。然而，回顾本人五十多年的生活，我发现，和其他所有儿童无二，我本人同样有天资，而且不止一种。更值得庆幸的是，这些“没出息”的天资没有被浪费掉，而是为我赢得了虽不成功，却乐在其中的职业与生活。

我的天资有二：其一，喜欢食物，俗称“嘴馋”；其二，喜欢故事，尤其喜爱远方的陌生地区和陌生人的故事。今天为读者编选的这部小小的作品集，便是我这两种天资的明证，因为里边全都是我几十年来写作的关于“食物”的故事，以及关于“食物”的远方见闻。

记得我上小学的时候，父母工作的单位里夏天发放防暑降温茶，是那种北方地区俗称“香片”的茉莉花茶。上世纪七十年代初,学校对学生的要求不甚严格,多半是半天课程,于是,每到下午,我便用罐头瓶子泡上一罐花茶,拿上小板凳,与街上乘凉的老人们坐在一起,听他们聊天。我家居住的地方是袁世凯开发河北时形成的新区,居民多为外来移民,于是聊天的老人口音各异,职业也是五行八作,出身无奇不有。至于聊天的内容,从个人经历到行业秘诀,从清末民初直至当下,从被禁止的京评梆曲艺电影流行歌曲,到饮食风俗婚丧嫁娶人情世故,以及怪力乱神吃喝玩乐等等,特别有几位干采购员的邻居,出差回来必定大讲外地见闻,再由老年人讲他们自己有关该地的所见所闻,以为补充,于是那个遥远的地方便在我的头脑中形成印象,且充满趣味。到我长大成人之后,听到的这些东西都储存在深层记忆中,每到写作需要的时候,常会自动浮现出来。

那个时代住平房,还可以串门。我另一个乐趣就是听知青聊天。听说哪家知青回家探亲,立刻便赶过去,坐在角落里,和许多邻居一起听知青讲他生活中的种种趣事、苦事和乐事,偶尔还会分享到一点知青带回家来的地方特产。我最喜欢的是黑龙江建设兵团、内蒙古自治区建设兵团和新疆建设兵团回家探亲的青年,这三个遥远的地方,在我的所闻中是那样美丽、神秘,是那样充满乐趣。当然,我也分享到黑龙江的“都柿干”和大列巴、内蒙古的奶豆腐和牛肉干,新疆的绿色葡萄干、鹰嘴豆等多种地方特产,这便更激发了我对那些地方的想象,为此常常心往神驰,且馋涎满口。

到了能读书的时候,当然是从小说开始。那个年代没有书可买，只有四处去借，苏联的小说较多，见写到黑麦面包、裸麦面包，便觉欢喜。再有就是借来些没头没尾的小说，不知书名更不论作者，只是乱读，记得有个中国小说，其中一段写主人公在一家货栈里当学徒，东家请客吃饭，他上菜时不小心将一碗烧海参跌翻在桌上，至今我仍记得其中一句，“账房先生也捡了个大海米吃”。海参和海米对当时的我算是奇闻，不知此为何物，而且是吃食，便深深记住了。到了“评‘水浒’”时，父亲单位发了一套《水浒传》，上下两册，这应该是我正式读中国古典文学的开始，半年之内就读了十几遍，一百单八将的名号倒背如流。当然，《水浒传》中有许多地方写到吃食，鲁智深蘸蒜泥大嚼肥狗肉很容易理解，但无处尝试；武大郎卖的炊饼被我想象成豆沙蒸饼，但只有过年才能吃到。第二十三回《王婆贪贿说风情 郓哥不忿闹茶肆》中，王婆与西门庆谋取潘金莲，说到的“宽煎叶儿茶”、梅汤、和合汤、姜茶，还有王婆引诱潘金莲到家里做衣衫，“那婆子欢喜无限，接入房里坐下，便浓浓地点道茶，撒上些松子胡桃肉，递与妇人吃了”，这到底都是些什么茶什么汤，里边有什么内容，会是什么滋味，让人恨不得有本辞书可以查一查。可巧，那年父亲单位发的防暑降温茶里有一小包安徽歙县产的“大方茶”，泡出来是完整的茶叶，于是，我就着“宽煎叶儿茶”的字面意思，借用家中做饭剩下的余火，煎了一回茶，难喝，自知必是方法不对。这种动手试验的习惯，我就是从那时开始的，日后写红军长征过草地，我曾试验煮皮带和皮鞋，所以写出来还挺像那么回事。

当年父母对孩子的要求不高，不闯祸是底线，像我这种爱读闲书的被看成是好孩子。忽一日，父亲带回来一本天津财贸学校和天津市饮食服务公司合编的《烹饪学教材》，让我如获至宝。从那时起，我认识了各种山珍海味、淡水鱼和海鱼，还有猪牛羊身上各个部位的名称，什么象眼片、柳叶片，什么棋子块、滚刀块，什么煎炒烹炸熬熘焖炖，几百种食材，几百种调料，怎样搭配，怎样处理，让我眼界大开，顺便也解开了我心中多年的疑问，知道海参和海米到底是什么东西了。因此，我至今仍然坚信，并一直在宣传一种观点，“烹调是孩子在家庭中培养想象力和创造力最简便也最有效的方法”。

到今天我以讲故事哄读者开心为职业，而且乐在其中，很大程度上依赖于我少年时代没有被泯灭的这两处“没出息”的天资：嘴馋与喜欢故事。因此，我非常热切地希望天下父母，要给孩子自己发现和发展“天资”的机会，顺应他们的兴趣和爱好，这样他们虽然很可能无法成为所谓的“成功人士”，但他们却可能生活得不枯燥，不乏味，会感觉这一生没有虚度，过的是他们自己想要的生活。